Violeta i la PERLA d'ORIENT

Harriet Whitehorn

AQUEST LLIBRE PERTANY A

....

BLUME

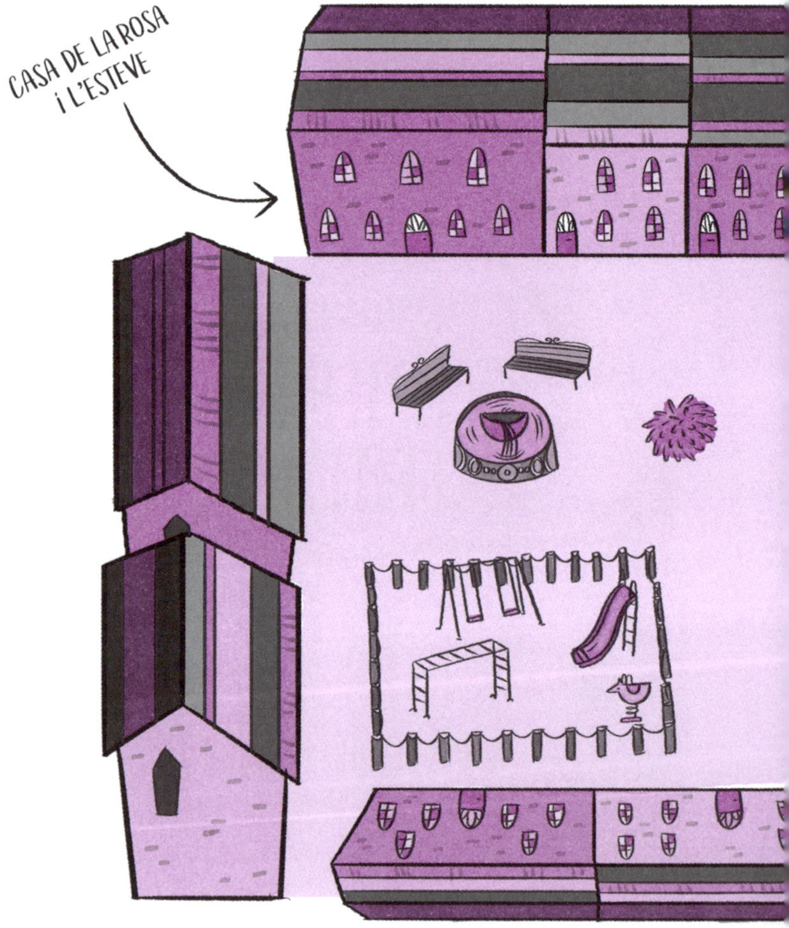
CASA DE LA ROSA
I L'ESTEVE
PIS DE LA CARLOTA

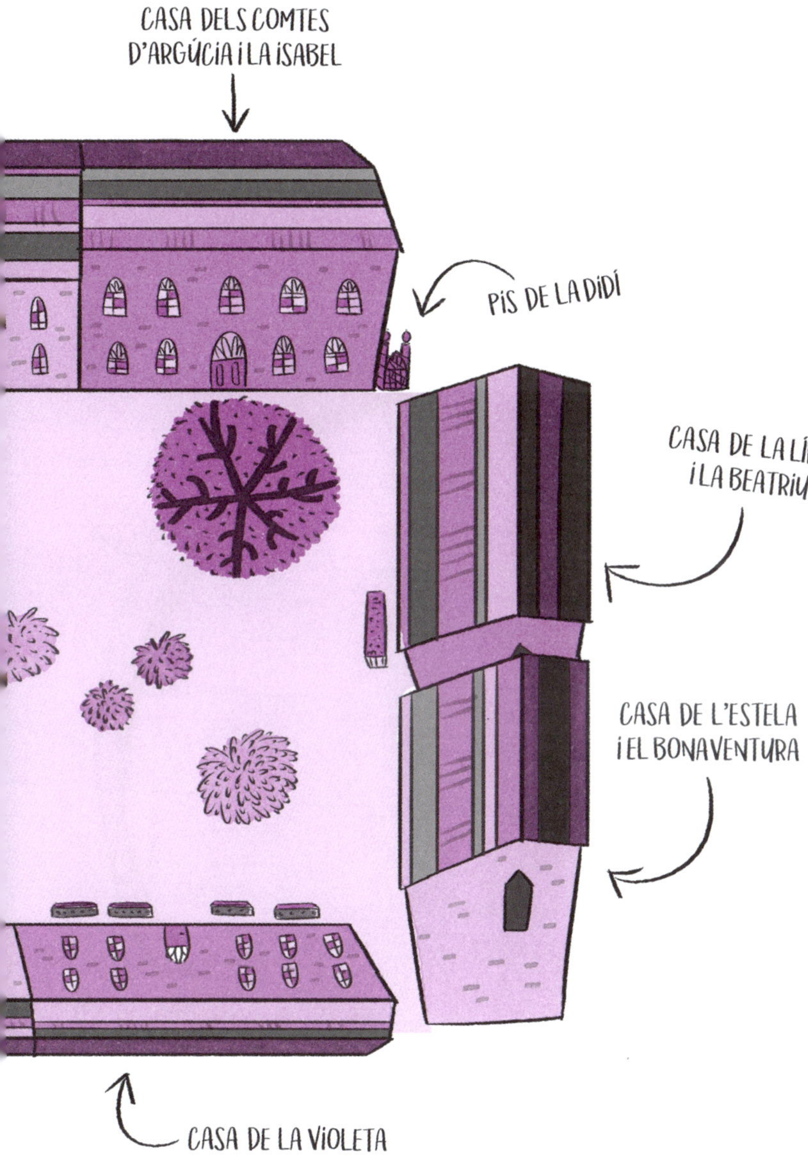
CASA DELS COMTES D'ARGÚCIA I LA ISABEL
PIS DE LA DIDÍ
CASA DE LA LÍDIA I LA BEATRIU
CASA DE L'ESTELA I EL BONAVENTURA
CASA DE LA VIOLETA

Per a la Clara - HW

Per a la mare - BM

BLUME

Títol original Violet and the Pearl of the Orient

Traducció Lluïsa Moreno Llort
Coordinació de l'edició en llengua catalana
Cristina Rodríguez Fischer

Primera edició en llengua catalana, gener de 2018

Carrer de les Alberes, 52, 2n, Vallvidrera
08017 Barcelona
Tel. 93 205 40 00 E-mail: info@blume.net

I.S.B.N.: 978-84-17254-21-6

Imprès a Eslovènia

www.blume.net

Aquest llibre s'ha imprès sobre paper manufacturat amb matèria primera procedent de boscos de gestió responsable. En la producció dels nostres llibres intentem, amb el màxim esforç, complir els requisits mediambientals que promouen la conservació i l'ús responsable dels boscos, en especial dels boscos primaris. Així mateix, en la nostra preocupació pel planeta, intentem utilitzar al màxim els materials reciclats, i sol·licitem als nostres proveïdors que facin servir materials el procés de fabricació dels quals estigui lliure de clor elemental (EFC) o de metalls pesants, entre d'altres.

Aquesta és la història de la Violeta Mora Cler.

La Violeta viu amb un gat que es diu Púding (de fet, el seu nom complet és Púding de Toffee Enganxós), la seva mare, la Camila Cler, que és dissenyadora de joies, i el seu pare, en Bonaventura Mora, que és arquitecte.

Viuen en un pis amb molt estil i increïblement endreçat; a la part de darrere de l'edifici hi ha un gran jardí que la Violeta comparteix amb tots els altres nens i adults que viuen al voltant.

La millor amiga de la Violeta és la Rosa; la seva família viu al mateix carrer i ella va a la mateixa escola que la Violeta.

La Violeta fa moltes activitats després de l'escola. De fet, està tan ocupada que a la seva habitació fins i tot té un calendari especial per saber on ha d'anar cada dia.

L'activitat preferida de la Violeta és l'escalada, i per això en fa dues vegades a la setmana. Com que és filla única, la Violeta passa llargues estones amb persones grans. Això de vegades és una mica avorrit, però també ha après algunes coses molt útils, com per exemple, a llegir la carta d'un restaurant en francès, a preparar un còctel perfec-

te i a jugar al pòquer. Quan els seus pares treballen, la Norma, la majordoma, té cura d'ella; no parla gaire, però quan ho fa val la pena escoltar-la.

La Norma també cuina uns plats deliciosos. Una persona sàvia li va dir una vegada a la Violeta que pots saber moltes coses d'una persona a partir del seu menjar preferit. Així doncs, he pensat que, per presentar-vos bé tots els personatges d'aquesta història, us diré quins són els plats favorits de cada un.

VIOLETA
CAMILA
UN BON BISTEC BEN TENDRE AMB PATATES FREGIDES TALLADES MOLT FINES I CRUIXENTS. I PÚDING DE TOFFEE APEGALÓS (POTSER AIXÒ US DONARÀ UNA PISTA DE PER QUÈ LI DIUEN PÚDING...).
PIZZA MARGARIDA, BRIOIXETS CALENTS AMB MANTEGA FOSA, COPA DE GELAT, POLLASTRE ROSTIT
BONAVENTURA
PADRÍ JOAN
SUSHI (MOLT BEN PRESENTAT)
ROSA
ROTLLETS, PATATES FREGIDES AMB SAL I VINAGRE I ESPAGUETIS A LA BOLONYESA.
PASTÍS DE NOUS I CAFÈ, I WHISKY, PREFERIBLEMENT JUNTS. POLLASTRE ROSTIT.
PADRINA CELEST
EL POULET AU VINAIGRE QUE FEIA LA MEVA MARE (QUE ENYORA MOLTÍSIM).

COMTE D'ARGÚCIA
Fetge de pollastre, caviar i caragols (ecs!)
No acostuma a menjar, s'estima més els batuts rics en proteïnes que tenen uns gustos estranys.
COMTESSA D'ARGÚCIA
ISABEL D'ARGÚCIA
Plats sofisticats com espaguetis amb llagosta i caviar i oli de trufa.
AGENT PUIG
No s'hi escalfa el cap: palets de peix, patates al forn i mongetes estofades.
DIDÍ DEROTA
Entrepans de plàtan, cuquets de formatge i pastís de cireres. Però el que li agrada més és el pastís Battenberg.
NORMA la majordoma
Li encanta el pollastre fregit i la sopa picant amb fideus.

Però ja n'hi ha prou de parlar de menjar (que això em fa venir molta gana) i continuem amb la història.

Tot comença amb una guineu en una finestra.

Primer us heu d'imaginar un roure alt en un jardí preciós.

Com que la història s'inicia al final de la primavera, el roure és ple de fulles verdes que s'agiten amb el vent. I ara us heu d'imaginar una nena d'uns deu anys, prima i baixeta per la seva edat, amb els cabells de color castany fosc, llisos com una post de planxar, la pell bruna i uns ulls marrons ben vius. I després, imagineu-vos aquesta mateixa nena penjada cap per avall, gronxant-se endavant i endarrere

des d'una branca molt alta perquè es vol lluir davant d'un grup de nens i nenes que s'han aplegat al peu de l'arbre. Doncs aquesta és la Violeta Mora Cler, i amb ella comença la història.

Els nens i nenes que l'observaven eren la Lídia, la Carlota, en Bonaventura, l'Esteve i l'Estela, i tothom els coneixia pels «mitjans». Els nens que vivien a les cases que envoltaven el jardí eren d'edats diferents; els mitjans tenien entre set i onze anys, els que estaven per sota d'aquesta franja d'edat eren els «napbufs» i els que estaven per sobre, els «ganàpies». Però en aquell moment només els mitjans contemplaven la Violeta, perquè als napbufs ja els havien recollit per banyar-los i donar-los el sopar, i els ganàpics gandulejaven al costat dels gronxadors, fent el fatxenda entre ells i parlant de les coses de què acostumen a parlar els ganàpies.

Bé, tornem a la Violeta, que continuava enfilada a l'arbre. Les seves filigranes causaven admiració als altres nens, i també una barreja de por, emoció i nerviosisme. Feia sis mesos s'havia enfilat a aquell mateix arbre (per lluir-se, també) i n'havia caigut. Havia estat una mala caiguda. I després de la caiguda va venir una descomunal allau de sang, d'ossos trencats i també una ambulància.

A qui no he esmentat, perquè estava asseguda lluny dels altres, és la Rosa Tresserra, la millor amiga de la Violeta. La Rosa s'assemblava una mica a la Violeta, però tenia els cabells llargs i uns ulls blaus grossos i inquiets. A diferència de la resta, la Rosa no en volia saber res, de les filigranes de la Violeta. Es posava molt nerviosa i patia massa; a més, tot el que tenia la Violeta d'atrevida ho tenia la Rosa de tímida. Així doncs, en lloc de mirar-la, la Rosa jugava amb el Capità, el seu gat, i amb el Púding, el de la Violeta. Mentre els feia

pessigolles a la panxa, desitjava per dins que la Violeta s'afanyés i baixés de l'arbre sense prendre mal i que no l'enxampés cap adult i l'esbronqués. Perquè a la Rosa no li agradaven gens, els sermons.

Però com és que la Violeta no feia cas de les advertències tan estrictes dels seus pares i de molts metges que li prohibien enfilar-se als arbres? Bé, resulta que l'Esteve, el seu enemic mortal, que casualment era el germà gran de la Rosa, li havia engegat, burleta, que les nenes eren massa estúpides i covardes per grimpar als arbres. I la Violeta, que era d'allò més impulsiva, amb les galtes enceses per la ràbia, no va fer el desentès, que és el que hauria fet qualsevol persona sensata. Ni parlar-ne: ella havia de demostrar-li que s'equivocava de mig a mig.

El repte en qüestió havia estat enfilar-se fins al capdamunt de l'arbre, i a la Violeta encara li faltava una mica per arribar-hi. Al final va acabar balancejant-s'hi, es va tornar a posar dreta i va recolzar el cap a l'escorça fresca de l'arbre fins que tot li va deixar de donar voltes.

—Vinga, fes-ho! O és que tens por? —li va dir burleta l'Esteve des de baix.

La Violeta no es va molestar a respondre-li, tenia massa feina a concentrar-se per no caure. A més, el braç que s'havia trencat l'altra vegada li feia molt de mal per tot l'esforç. La capçada de l'arbre era a tocar i les branques començaven a ser més primes. Llavors es va agafar en una, que va cedir amb un eixordador...

La Violeta es va precipitar cap endavant i es va aferrar desesperada a les branques. El públic va deixar anar uns crits ofegats enormes mentre observava com se salvava miraculosament. La Rosa es va estremir. En Tom, un dels nois, es va acostar al peu de l'arbre i li va preguntar si estava bé. L'Esteve, en canvi, semblava d'allò més satisfet.

—Estic bé, Tom —va exclamar la Violeta amb més seguretat de la que sentia en realitat.

Va mirar l'Esteve.

—No tinguis por, gairebé ja hi ets, tu pots —es va dir a si mateixa amb fermesa, mentre amb compte inspeccionava una altra branca amb el peu.

Un cop va haver comprovat que la branca era estable, es va impulsar cap amunt, cap a la capçada de l'arbre, i va guaitar entre el sostre de fulles per contemplar la vista. El jardí s'estenia a sota com unes estovalles de pícnic cobertes d'herba. Va fer una ullada al voltant, encantada com sempre de trobar-se al cim d'alguna cosa molt alta.

Les dues coses van passar alhora. Va sonar l'alarma del rellotge, per avisar-la que era un quart de set i havia d'anar-se'n a casa si no volia fer tard (una altra vegada), i algú la va cridar. Era la veu d'un home, una veu severa i amb accent estranger.

—Violeta! —va sermonejar la veu.

En mirar al seu voltant va veure en Marek, un dels paletes que treballava amb el seu pare, que treia el cap per la finestra del darrer pis de la vella casa dels Torres.

—Ja saps que no t'has d'enfilar en aquest arbre! Baixa o l'hi dic al teu pare —li va engegar, però li va picar l'ullet, i la Violeta va saber que no estava enfadat de debò.

La Violeta li va somriure i ja es disposava a baixar de l'arbre quan li va cridar l'atenció l'individu que estava dret al costat d'en Marek. Era un home de mitjana edat, amb la cara allargada, els cabells pèl-rojos, ondulats i repentinats cap enrere i una mirada intensa que mantenia fixa en ella.

A la Violeta la va impressionar que s'assemblés tant a una guineu. Li va tornar a sonar l'alarma del rellotge. Si no se n'anava de dret a casa, es ficaria en un bon embolic. Va seure a la branca i, amb molt de compte, va anar baixant, procurant no precipitar-se. Tothom va aplaudir i tots la van felicitar quan va saltar a l'herba amb agilitat. La Rosa va deixar anar un gran sospir d'alleujament.

—La Violeta t'ha donat una bona lliçó, Esteve, què me'n dius? —va dir en Tom rient.

L'Esteve estava fet una fúria perquè una mocosa l'havia deixat en ridícul.

—Val més que t'afanyis, *Violí*, o arribaràs tard a caseta, amb el teu papa i la teva mareta —li va engegar amb sorna.

L'Esteve tenia raó, va pensar la Violeta mentre se n'anava corrent fent adéu amb la mà i dedicava un «ens veiem a l'escola» ràpid a la Rosa. Va fer l'última i imprescindible escalada de la tarda, que va consistir a pujar per la canonada de la part de darrere de casa, i va entrar a la cambra de bany, on la Norma l'esperava amb la banyera preparada.

—Arribes tardíssim —li va dir la Norma negant amb el cap amb desaprovació.

—Ja ho sé. Em sap molt de greu, de debò —es va disculpar la Violeta, abans de ficar-se a la banyera plena d'aigua calenta.

2
CÒCTELS I CONVERSA

Dos quarts de set era una hora màgica a la casa dels Mora Cler.

Quan la Camila, la mare tan elegant i intel·ligent de la Violeta, baixava amb refinament d'un taxi, fent repicar els talons amb delicadesa sobre la vorera, en Bonaventura, el pare culte i prestigiós, tancava amb cura la porta del despatx. Tots dos anaven cap al saló d'un blanc immaculat, on la Norma els servia un còctel deliciós i parlaven de com els havia anat el dia amb la seva estimada filla Violeta abans de prendre un sopar exquisit.

La transformació que la Norma havia aconseguit en l'aspecte de la Violeta en només set minuts era miraculosa. Quan va entrar al saló, la Violeta anava impecablement neta i feia una olor dolça i penetrant de sabó de figues. La Norma l'havia pentinat fins a deixar-li els cabells suaus i brillants, i la samarreta vella, els pantalons curts i les sabates d'esport que duia havien estat substituïts per un vestit blanc i violeta resplendent i unes ballarines liles ben lluents.

—*Chérie*! —va exclamar la Camila—. Arribes una mica tard, però et perdono perquè fas molt de goig. —Li va fer un petó a la galta i va embolcallar la Violeta amb un núvol de perfum—. Vine, que et presentaré els convidats.

Dret, al costat de la finestra, parlant amb el seu pare i amb una copa de còctel a la mà, hi havia l'home que havia vist amb en Marek.

«Oh, no!», va pensar la Violeta presa de pànic. «Li dirà als meus pares que m'ha vist enfilada a l'arbre i me'n caurà una de bona!»

La Violeta estava tan nerviosa que gairebé no es va adonar que, dretes al costat de l'home, hi havia una nena que devia tenir si fa no fa la seva edat i una senyora alta i prima. La dona duia un vestit cenyit amb un estampat de pell de lleopard, una pila de joies brillants i els cabells rossos recollits ben amunt. La nena tenia la cara pàl·lida, expressió altiva i els cabells llargs i pèl-rojos, i portava un vestit amb el mateix estampat que el de la mare.

El pare de la Violeta va agafar la mà de la seva filla amb orgull.

—Aquesta és la Violeta, la nostra filla. Violeta, et presento en Renard i la Coralina, comtes d'Argúcia, i la seva filla Isabel. Han comprat la casa que és just a l'altre costat del jardí i m'han demanat que m'encarregui de reformar-la. Han estat molt amables.

La Isabel i la seva mare van oferir a la Violeta uns somriures fugaços i crispats que no se'ls van arribar a reflectir als ulls. En canvi, el comte se li va acostar ràpidament i li va fer un petó a la mà.

—*Enchanté*, estimada! —va exclamar. La Violeta va haver de fer un esforç per no retirar la mà, ja que el comte tenia uns ulls de color marró ataronjat que no inspiraven confiança; semblaven més propis d'un animal. Portava una americana lila amb una rosa groga natural a la solapa. Va oferir a la Violeta un gran somriure que li va deixar al descobert unes dentetes esmolades. El seu aspecte, en general, era força esgarrifós.

La Violeta li va somriure tan educadament com va poder, suplicant en silenci perquè el comte no digués que l'havia vist abans al jardí.

Va respirar alleujada quan el seu pare va anunciar:

—Senyor comte, què li sembla si comentem algunes idees? És una casa magnífica, em fa molta il·lusió aquest projecte. —Es va endur el comte a una banda del saló per parlar detalladament sobre la distribució de les habitacions i l'equipament de la cuina.

La comtessa va començar a conversar amb la Camila.

—En Renard m'ha dit que és dissenyadora de joies per a Smartier. Quina enveja! Com pot veure —va afegir fent dringar els braçalets—, adoro les joies. I com més cares, millor. Per descomptat, a mi no em cal treballar. En Renard guanya més diners del que jo mai seria capaç de gastar i, a més, ja tinc massa feina a cuidar-me. Ara bé, si treballés, de ben segur em dedicaria al mateix que vostè.

—*Merci*, pel compliment —va respondre la Camila amb un somriure—. És extraordinari el robí del seu collaret. Realment preciós.

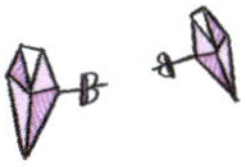

—Ho sé —va assentir la comtessa amb aires de suficiència—. En Renard n'està molt, de mi, i, a més, m'encanten les joies bones. Mai no portaria bijuteria. Però conec un homenet increïble que és un geni fent còpies de joies. Seria perfecte per a algú com vostè, que segurament no es pot permetre'n una d'autèntica. Crec que en tinc la targeta. —Va buscar a dins de la bossa de mà de pell de serp.

A la Violeta la va impressionar que la seva mare aconseguís mantenir un somriure cortès, perquè li va semblar que la comtessa era increïblement mal educada. «Pobra Isabel», va pensar, «no m'imagino com deu ser tenir una mare així!» Aleshores, amb la intenció de ser amable, es va girar cap a la nena.

—M'alegro molt que vingueu a viure aquí. Serà genial tenir una altra noia al jardí. Els nois sempre ens fan la guitza. T'haig de presentar la Rosa, la meva millor amiga, i la...

La Isabel la va interrompre.

—De fet, estudio en un internat i m'hi acostumo a quedar la majoria de caps de setmana per fer altres activitats i jugar partits. Soc la capitana de tots els equips —va assegurar, pretensiosa—. I durant les vacances ens en anem a esquiar o ens quedem al iot. A més, no crec que a la meva mare li faci gràcia que jugui amb els nens del jardí. —Va arrufar el nas com si ensumés alguna cosa horrible.

«Oh, no!», va pensar la Violeta. «La Isabel és pitjor que la comtessa.» Estava a punt d'inventar-se que tenia uns deures que havia d'enllestir urgentment quan la Camila, que havia escoltat a mitges la conversa, la va mirar com dient: «Ja sé que semblen horribles, però sisplau fes un esforç». Així doncs, la Violeta va respirar fondo i va intentar pensar què podia dir.

Just en aquell moment el Púding va entrar amb un salt per la finestra. La Isabel el va mirar amb cara de fàstic mentre ell se li esmunyia entre les cames.

—Nosaltres tenim un gat siamès que es diu Chiang Mai. És guapíssim i superintel·ligent, i té el millor pedigrí que et puguis imaginar. De quina raça és aquest gat?

—Ah, no és de raça. És un gat normal i corrent. El vam trobar abandonat al jardí quan era un gatet molt petit—va explicar la Violeta.

—Uf, no m'estranya que l'abandonessin. Mira que és lleig! —La Isabel va riure per primera vegada—. Mare —va dir, interrompent la conversa de la seva mare amb la Camila—, guaita quin gat tan espantós.

La comtessa va mirar el Púding i va fer una rialla que va semblar el bram d'un ase.

La Violeta va tenir ganes d'engegar-li algun comentari groller, però abans que se li

acudís la resposta adequada la comtessa es va adreçar a ella:

—I tu, Violeta? Quines habilitats tens? Fas cap esport? —Va mirar la Violeta amb un posat sorneguer—. Evidentment, el bàsquet està descartat. Ets un tap de bassa. —I altre cop va deixar anar aquella rialla de ruc.

La Violeta ja n'havia tingut prou d'aquell color.

—Salta a la vista que soc massa baixa per fer cap esport. Per això em dedico al pòquer, senyora comtessa. —Aleshores va observar divertida com la cara de la comtessa es transformava en una ganyota d'horror barrejada amb incredulitat.

—Violeta! —la va renyar la Camila amb suavitat—. No faci cas del que diu, comtessa. El joc preferit de la Violeta són els escacs i és molt bona escalant. Sempre diem, de broma, que sembla un mico.

—Caram, quina coincidència! La Isabel és una escaladora excel·lent! De fet, ha representat el nostre país amb l'equip júnior —va exposar la comtessa amb satisfacció.

—Que impressionant —va fer la Camila, i va clavar un cop de colze a la Violeta abans que la seva filla fes una ganyota—. La pobra Violeta va tenir una fractura molt greu al braç fa un parell de mesos. Va caure de l'arbre del jardí que hi ha al costat de la seva casa nova. Els metges li han prohibit enfilar-se als arbres durant dos mesos més i jo l'hi he prohibit per sempre. Ara només pot escalar les parets del rocòdrom, perquè allí porta un arnès.

El comte la va sentir per casualitat i va arquejar una cella mirant la Violeta, que es va enrojolar. Però la Camila no se'n va adonar.

—La Violeta és molt amiga de la Didí Derota, que ara tenen de veïna —va comentar a la comtessa.

—Com diu? D'aquella vella tan estranya que viu al soterrani? —va exclamar la comtessa arrugant el rostre en una ganyota de repulsió—. Que rara que és! És una dona d'allò més egoista. No ha consentit vendre'ns el seu pis i estem desesperats per fer una piscina al soterrani. És molt important per a la Isabel que pugui practicar el salt de trampolí.

La Violeta es va tornar a enrojolar, però aquest cop d'ira. Com s'atrevia a dir que la Didí era rara? Excèntrica potser sí, no pas rara!

—Jo pensava que la Isabel no era mai a casa —va deixar anar la Violeta—. Abans m'ha dit que sempre era al iot. Que no pot practicar el salt de trampolí des d'allà?

La comtessa li va fer un gest a la Violeta perquè se n'anés, com si fos una mosca empipadora.

—Tot i així, haig de dir que la Dudú aquesta, o com es digui, té una de les joies més espectaculars que he vist mai. Però això vostè ja ho deu saber, Camila.

La mare de la Violeta va fer cara de sorpresa i va negar amb el cap.

—Doncs no, no ho sabia.

La comtessa va quedar molt parada.

—Miri, no s'ho creurà, però es veu que té una de les joies més valuoses...

—La senyora Derota m'ha semblat una dama encantadora —la va interrompre el comte—. Coralina, estimada, crec que ja hem entretingut massa aquesta família tan amable. Moltíssimes gràcies pels còctels, Camila, Bonaventura. Ah, i Violeta? —va dirigir aquells ulls ataronjats tan estranys cap a ella—. Sobretot fes cas del que et diu la mare. S'ha acabat això de pujar als arbres.

Havent sopat, quan la Violeta va tornar al saló per dir bona nit als seus pares, va veure una targeta a terra. Era de cartó gruixut amb unes lletres negres en cursiva.

—Què és això? —va preguntar, ensenyant-la a la seva mare.

—Ah, és la targeta que m'ha donat la comtessa. És el joier especialitzat en bijuteria. —La Camila va deixar la targeta darrere del rellotge que hi havia al prestatge de la llar de foc.

—No els has trobat horribles, els comtes? —va preguntar la Violeta. La mare va fer silenci durant uns instants.

—De vegades cal estar amb les persones unes quantes vegades per conèixer-les bé. Et demano sisplau que si siguis amable amb la Isabel. No és fàcil ser nou en un lloc, has d'intentar que senti que aquí és benvinguda.

La Violeta va sospirar. No estava segura que la seva mare tingués raó, però faria tots els possibles per entendre's amb la família d'Argúcia.

3

UN RAM DE ROSES GROGUES

La Didí Derota havia estat una jove actriu al Hollywood dels anys cinquanta («Aleshores era molt guapa, encara que ara no ho sembli») i estava casada amb un director de cine nord-americà que es deia David Derota («L'hi vaig robar a la Marilyn Monroe, es va posar feta una fúria»); va tenir una vida feliç plena de glamur fins que, per desgràcia, en David va morir als vuitanta-cinc anys («És el que t'espera si et cases amb un home vint anys més gran que tu: una viduïtat ben llarga»). De seguida la Didí va decidir que ja s'havia cansat dels Estats Units, del sol interminable, de les hamburgueses i de la moda de l'alimentació saludable. Trobava a faltar els cels grisos, el plugim i una tassa de te decent, i per això va tornar als seus orígens, al seu país natal.

Així és com va acabar vivint amb la Lulabel, la seva gata persa tan consentida, en un pis desendreçat del soterrani, infestat de mobles estranys, roba antiga, bosses de mà, sabates, joies, llibres, revistes, maquillatge, cosmètics i qualsevol altra cosa que us pugueu imaginar. Però malgrat el desordre, o potser justament pel desordre, a la Violeta li encantava anar allà, sovint acompanyada de la Rosa. Els fascinava remenar-ho tot, emprovar-se vestits i joies, prendre una infinitat de

tasses de te amb sucre i menjar pastís Battenberg i aperitius de formatge.

I la Didí sempre estava encantada de veure-les.

L'endemà de la visita dels comtes a casa, en el breu espai de temps que quedava entre la classe d'escacs i dos quarts de set, la Violeta va anar a veure la Didí.

—Passa, reina, soc aquí! —va cridar la Didí quan la Violeta va tustar a la porta. Es va trobar la vella ajaguda al sofà de vellut lila, els cabells pèl-ro-

jos plens de bigudins i el rostre cobert amb una màscara que semblava gelatina de maduixa. La Didí se la va començar a treure en unes tires fines que a la Violeta li van semblar força fastigoses, i va optar per fixar-se en l'enorme ram de roses grogues que hi havia en una tauleta del saló.

—Oi que són divines? —va preguntar la Didí sospirant amb aquell accent tan refinat que havia cultivat durant els anys que havia viscut a Hollywood—. Ha estat tot un detall per part del comte.

—Així, ja has conegut el comte i la comtessa? —li va preguntar la Violeta mentre examinava un flascó d'esmalt d'ungles de color verd maragda i ensopegava amb la Lulabel, que jeia a la catifa rosa amb volutes.

—Naturalment, reina. Són els meus nous propietaris. De fet, van intentar convèncer-me que deixés el pis per poder construir una piscina al soterrani o alguna cosa ridícula. El comte es va enfadar molt i va ser força mal educat quan m'hi vaig negar —va callar i es va treure els bigudins—. Però ara som molt bons amics, sobretot des que m'ha enviat aquestes roses precioses. La seva esposa és tan elegant que m'ha fet sentir una mica desastre... i sembla que la seva filla té molt de talent.

La Didí sempre veia el costat bo de les persones. Es va allisar bé aquells rínxols perfectes de color coure amb una mà en què destacaven unes ungles perfectament arreglades.

—Ara m'haig de maquillar, abans que algú em vegi amb aquesta cara tan horrible. —Tot seguit es va posar una bona quantitat de cosmètics, fins i tot unes pestanyes postisses.

—Doncs jo crec que són les persones més repel·lents que he conegut mai —va afirmar la Violeta.

—Au, va, Violeta, no has de ser tan descortesa amb la gent.

On són les maneres que et vaig ensenyar? Sisplau, serveix-te el que vulguis de la cuina i, després, tens temps per disfressar-te? He trobat un esplèndid vestit de gala d'un to rosat, cobert de lluentons daurats, que he pensat que et quedaria meravellosament bé. Me'l vaig posar quan vaig anar a veure un combat de boxa a Las Vegas amb en Frank Sinatra.

La Violeta estava a punt de respondre-li quan li va sonar l'alarma del rellotge.

—Em sap greu, Didí —es va excusar—. Me n'haig d'anar a casa a sopar. La Norma s'enfadarà molt si torno a fer tard. —Dit allò, va plantar un petó ràpid a la galta empolvorada de la senyora anciana i se'n va anar corrent.

4
LA PERLA D'ORIENT

La primavera va donar pas a l'estiu i les temperatures es van disparar. Feia una calor asfixiant i la verdor fresca del jardí es va tenyir d'un to groc marronós, tot i el xiuxiueig constant de l'aigua dels aspersors. La majoria de les persones grans estaven malhumorades i tenien la cara brillant per la suor, i fins i tot les criatures s'estimaven més endormiscar-se a l'ombra que córrer d'una banda a l'altra.

La vida continuava com sempre per a la Violeta, immersa en la voràgine de l'escola, els exàmens i les activitats extraescolars.

D'altra banda, els comtes d'Argúcia estaven encantats amb els plans que en Bonaventura els havia dissenyat i van iniciar les reformes.

La família Argúcia es va traslladar a una suite del Ritz mentre l'Ernest, el majordom, s'estava a la casa per supervisar les obres i tenir cura del Chiang Mai, el gat. L'Ernest, a diferència dels amos, era molt agradable i la Norma i ell es van entendre de seguida.

Una tarda de divendres especialment calorosa, en acabar les classes, la Violeta i la Rosa tornaven a peu a casa acompanyades de la Norma. En el moment que van passar per davant de la casa dels Argúcia, van estar a punt de xocar amb la Isabel, que baixava d'una limusina enorme de vidres tintats. L'Ernest, que semblava molt feliç de veure la Norma, en subjectava la porta oberta.

La Violeta va recordar el que li havia dit la seva mare la nit que va conèixer la Isabel; així doncs, la va saludar educadament i li va presentar la Rosa.

La Isabel les va mirar com si fossin dos cucs repugnants i, en lloc de contestar-li, va dir amb una veu irritada:

—Afanya't, Ernest! Entrem, de pressa!

—Sí, és clar, senyoreta Isabel —va respondre ell mentre pujava l'escala precipitadament per obrir la porta de l'entrada.

La Violeta va treure la llengua a la Isabel quan aquesta es va girar d'esquena, cosa que va fer riure a la Rosa. Estaven a punt de reprendre la marxa quan a la Violeta la va picar la curiositat.

—No sabia que la teva família ja vivia aquí —li va dir a la Isabel—. Com és que has vingut de l'internat?

—Encara no vivim aquí, només he vingut a fer un encàrrec important per als meus pares —va explicar la Isabel sense girar-se—. Hauries d'aprendre a no ficar el nas on no et demanen, tafanera.

La Rosa i la Violeta van intercanviar una mirada. La Norma va arrufar el front, però no va dir res.

Aquell vespre, la Violeta passejava per la casa, queixant-se que feia massa calor per dormir. Allò neguitejava la Norma, que li feia de cangur. El pare de la Violeta estava fora per un viatge de feina i la Camila havia anat a un sopar.

—Ja és tard per jugar amb la Rosa. Per què no vas a veure la Didí? —li va suggerir la Norma—. Li pots dur les gambes que han sobrat del sopar.

La Norma es preocupava per l'alimentació de la Didí i sempre li feia arribar bon menjar per mitjà de la Violeta. La Violeta va assentir amb entusiasme; li venia de gust veure la Didí i va pensar que potser tindria alguna cosa refrescant i deliciosa al congelador, com ara gelat de menta i trossets de xocolata. Així doncs, la Violeta va sortir amb la fiambrera a la mà. Les instruccions estrictes de la Norma —que havia de ser a casa al cap de vint minuts— li ressonaven a les orelles.

Al capvespre, el jardí estava tranquil i gairebé buit. La Beatriu, la germana gran de la Lídia, i en

Tom conversaven asseguts en un banc i van saludar la Violeta amb la mà quan va passar pel seu costat. En arribar al pis de la Didí, la Violeta va picar a la porta. No hi va haver resposta. Tots els llums estaven apagats, encara que una de les finestres estava oberta de bat a bat.

La Violeta va pensar que la Didí havia sortit i, quan ja es disposava a fer mitja volta, va veure un esclat lluminós a l'interior del pis, com si encenguessin i apaguessin una llanterna. «Que estrany», va pensar, i va tornar a tustar a la porta mentre cridava la Didí. Malgrat tot, no va contestar ningú, i va girar cua.

La Beatriu i en Tom ja se n'havien anat, però en creuar altre cop el jardí la Violeta va veure el

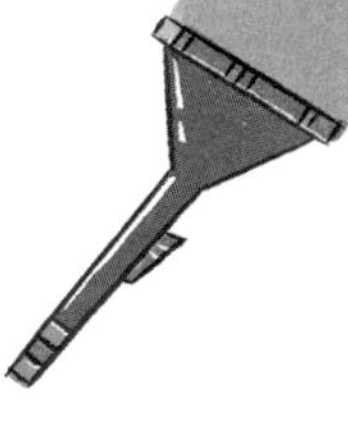

Púding i la Lulabel a l'altra banda de la gespa. Es va acostar als gats i els va estar acariciant una estona asseguda a la gespa fresca i verda. Mentre era allà, un gat siamès d'aspecte arrogant va passar amb aires de grandesa per davant seu, amb el cap ben alt. «Aquest ha de ser el Chiang Mai», va deduir la Violeta. «És tan estirat com els seus amos.»

Aleshores ja era gairebé de nit, i la Violeta es va dirigir cap a casa. De sobte, però, va veure una cosa ben curiosa. Al principi va pensar que eren imaginacions seves, perquè hi havia molt poca llum, i es va aturar per assegurar-se'n.

En aquell moment va advertir una figura petita i fosca que pujava per la canonada de la part de darrere de la casa del comte. La Violeta s'hi va

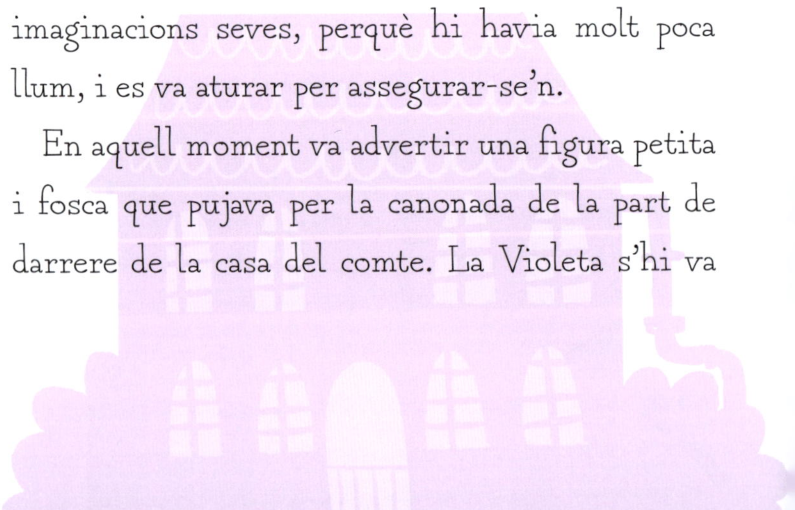

acostar corrent per observar-la més de prop, però la persona que escalava era tan ràpida que quan va arribar a la casa ja havia desaparegut.

«Que curiós», va pensar la Violeta. «Quin sentit té que algú pugi per la canonada de la casa del comte?».

—Violeta, fes via! —va cridar la Norma, que treia el cap per la porta del darrere i feia cara d'estar molt enfadada.

La Violeta va anar corrent cap a ella, decidida a no dir-li res del que havia vist perquè no la renyés per haver estat espiant.

—No era a casa —va anunciar, mentre tornava les gambes a la Norma.

L'endemà al matí la Violeta va dormir fins tard. Quan es va despertar, va anar mandrosament fins a la cambra de bany. Era ple de baf i feia una olor de lilàs deliciosa. La seva mare era a la banyera, amb els cabells embolicats amb un turbant verd maragda, i prenia cafè amb una tassa diminuta.

—Bon dia, *chérie*. Com estàs, bonica? No puc creure que no t'hagis despertat amb tot el soroll i l'enrenou que hi ha hagut aquesta nit.

—Quin soroll? Què ha passat? —va preguntar la Violeta.

—Que han entrat a robar a casa de la Didí mentre ella era al teatre. Quan vaig tornar del cinema, el jardí era un formiguer de policies. —La mare de la Violeta va sospirar, preocupada—. És una notícia terrible perquè es veu que es van endur un fermall molt valuós. Pel que va comentar la comtessa, la Didí guardava a casa una joia extraordinària, però no em vaig imaginar que podia ser una peça tan i tant cara. I no em puc creure que la Didí la tingués al pis, una joia com aquesta l'hauria d'haver guardat al banc.

—No et deus referir a la Perla d'Orient?

—Sí! Caram! Com és que la coneixes, aquesta joia? —li va preguntar la mare.

—Perquè la Didí me la deixa posar quan ens disfressem. La té en una llauna de galetes.

La Camila va fer una cara d'absoluta incredulitat i tot seguit va ofegar un crit.

—Saps que és una de les perles més grosses que s'han trobat mai? Fa anys que va desaparèixer. I ara resulta que tot aquest temps ha estat a dins d'una llauna de galetes? —La mare de Violeta es va acabar el cafè—. Sigui com sigui, la pobra Didí està molt disgustada. Potser l'hauries d'anar a veure més tard.

Tot i així, la Violeta no l'escoltava, pensarosa. L'esclat de llum que havia vist al pis de la Didí, la figura que escalava... «És clar, el lladre!» Aleshores va explicar a la seva mare el que havia vist.

—*Chérie* —va dir la Camila amb resolució mentre sortia delicadament de la banyera i es tapava amb una tovallola verd maragda—. Hem de parlar immediatament amb la policia. Crec que els agents encara deuen estar amb la Didí. Vinga, vestim-nos i anem a casa seva.

5

EL QUE VIOLETA VA VEURE

La Didí encara estava acompanyada d'un policia, l'agent Puig. Era jove i entusiasta. Encara no havia resolt cap cas, però es moria de ganes d'intentar-ho.

La pobra Didí estava asseguda en una butaca, amb la cara blanca i lànguida, com un globus desinflat. Les llàgrimes li rodolaven galtes avall. A la Violeta i la seva mare les va estranyar que el comte fos allà, però la Didí els va explicar que s'havia mostrat d'allò més amable i servicial.

—És el mínim que puc fer, benvolguda senyora —va manifestar el comte, amb una expressió que era la viva imatge de la preocupació—. No puc evitar sentir-me una mica culpable. Si no li hagués regalat l'entrada per al teatre, segurament res d'això no hauria passat.

—Bestieses —va protestar la Didí—. Culpable per haver-me regalat la millor entrada de teatre per veure l'espectacle de més èxit de la ciutat? No sigui ridícul. Ha estat un gest molt amable i generós per part seva, no ho dubti.

Al costat de la finestra, l'agent Puig acostava alguna cosa a la llum amb les mans enguantades i ho examinava amb atenció. El comte va anar de pressa cap on era ell.

—Ha trobat cap pista? —va preguntar la Camila.

La Violeta se'ls va acostar per veure què miraven.

—És possible —va respondre l'agent Puig, absort—. Un parell de cabells llargs de color panotxa que s'han quedat enganxats al marc de la finestra. Potser són del lladre.

—Mmm, potser sí —va dir el comte al mateix moment—. Però agent Puig, i perdoni si dic algun disbarat, no s'ha adonat que la senyora Derota és pèl-roja?

L'agent Puig va sospirar.

—És clar. Que babau!

—Però els cabells de la Didí són més clars i més pèl-rojos que no pas aquests —va apuntar la Violeta—. I a més, ella no els té tan llargs i...

CABELLS

Estava a punt de continuar l'explicació, però el comte la va tallar bruscament.

—Violeta, és que ara també et dediques a fer de detectiu amateur? —li va engegar no gaire educadament i amb un somriure postís.

La Camila va respondre per ella.

—De fet, la Violeta pensa que potser té alguna informació que podria ajudar a trobar el lladre.

Tant el comte com l'agent Puig van aixecar la vista immediatament. Fins i tot la Didí va semblar un xic més animada.

—Ahir a la nit, cap a les nou, la Violeta era al jardí quan va veure...

Però abans que la Camila pogués continuar, el comte es va acostar precipitadament a la Didí.

—Estimada senyora —va exclamar—. Que pàl·lida s'ha tornat de cop! Que es troba bé?

A Didí la va sorprendre l'expressió d'alarma del comte.

—D'això... Bé, estic una mica trasbalsada.

—Sí, fa l'efecte que no es troba gaire bé, senyora —va afegir el policia tot pensarós—. Deu haver estat un cop horrible per a vostè. Vol que avisem el metge perquè la visiti?

La Camila va assentir amb el cap.

—Crec que és una bona idea.

—Hauríem de fer venir una ambulància —va suggerir ràpidament el comte.

—Deixi'm fer a mi —va resoldre l'agent Puig amb el posat d'algú que és capaç de resoldre aquesta mena de situacions en un tres i no res. Va començar a parlar pel radiotransmissor amb aquell llenguatge tan important propi d'un policia:

—Bravo, Lima, Delta a l'aparell. Envieu urgentment una ambulància al 15 de Melrose Crescent, Whisky, Tango, Foxtrot. Canvi i fora.

Al cap d'uns segons, després de l'udol de les sirenes i el remolí de llums blaus, es va sentir un cop a la porta. La Didí va semblar un xic desconcertada quan dos joves van irrompre al saló i li van començar a parlar com si tingués dos anys. Tot i així, va permetre que l'acompanyessin fins a l'ambulància.

—Crec que un de nosaltres hauria d'anar amb ella, per si de cas —va suggerir el comte, que encara feia cara d'amoïnat—.

Ai las, si he quedat amb la Isabel. Ha tornat de l'internat aquest matí per passar amb nosaltres el cap de setmana i tindrà un disgust si falto a la cita. Camila, li faria res acompanyar vostè la senyora Derota? —va preguntar, mirant la mare de la Violeta amb un posat suplicant.

«Això és mentida», va pensar la Violeta. «La Isabel va venir ahir. La Rosa i jo la vam veure quan tornàvem de l'escola.»

—És clar que no —va respondre la Camila—. Violeta, sisplau, explica-li a l'agent Puig el que has vist i després vés-te'n de dret a casa

amb la Norma. Digues-li al teu pare on he anat.

—Va sortir disparada darrere de la Didí, i l'ambulància va desaparèixer enmig d'una altra confusió de sirenes i esclats de llum blava.

—Així doncs, Violeta, què és el que vas veure exactament? —li va preguntar amablement l'agent Puig, amb el bolígraf preparat sobre el bloc.

—Ahir, cap a les nou del vespre —va començar a explicar la Violeta no gaire convençuda—, vaig sortir al jardí per anar a visitar la Didí...

—Ho fas gaire sovint, això de passejar pel jardí de nit, Violeta? —va preguntar el comte. Ja no tenia aquella expressió de preocupació amable.

—No —va respondre la Violeta enrojolant-se—. Però tenia molta calor i no podia dormir, i vaig pensar que la Didí potser tindria gelat de menta i trossets de xocolata.

L'agent Puig va somriure i la Violeta va reprendre la paraula. Va acabar l'explicació amb la descripció de la petita figura que grimpava de nit per la canonada de la casa del comte.

—Què? Com l'Spiderman? —va inquirir el comte amb una veu terriblement incrèdula—. Estàs segura que no mires massa la televisió, Violeta? —Va mirar l'agent Puig amb les celles arquejades, com dient: «Realment es creu totes aquestes ximpleries?» Aleshores va començar a parlar amb aquella veu tan apegalosa—: Inspector Puig...

—Bé, de moment soc agent i prou, senyor comte —va puntualitzar el jove, visiblement afalagat.

—Disculpi, però estic segur que ben aviat pujarà de categoria. Li he comentat que tinc amistat amb l'inspector en cap? Quin home tan encantador... però per on anava? Ah, sí, per la canonada —va esbossar un somriure fals—. Vingui amb mi, agent, anem a fer un cop d'ull a la canonada.

Tots tres van sortir apressadament al jardí. Amb la llum clara del matí, la canonada oferia un aspecte molt vell i tronat. El comte li va clavar una bona estrebada i la canonada gairebé es va separar de la paret.

—No crec que cap lladre s'atreveixi a pujar per aquí, no li sembla? —va preguntar el comte mirant el policia amb una expressió de triomf.

—No. Aquesta canonada hauria pogut aguantar el pes d'un nen, a tot estirar —va valorar l'agent Puig.

—I a quina criatura se li acudiria anar pel món robant joies de valor? —va afegir el comte de seguida.

—Però jo vaig veure algú —va protestar la Violeta, enfadada i amb les galtes enceses.

—La imaginació és molt poderosa, Violeta —va assegurar l'agent Puig tot seriós.

—Quines paraules tan sàvies, agent Puig. L'inspector en cap ha d'estar al corrent del seu talent. —El comte va encaixar afectuosament la mà del policia. I sense dir-li res a la Violeta, se'n va anar.

—Bé, Violeta, t'acompanyaré a casa —va anunciar l'agent Puig, mentre la conduïa cap al pis de la Didí.

—On anem? Podem travessar el jardí a peu —va indicar la Violeta.

—I què té de divertit això? —va observar l'agent Puig—. No t'estimes més fer un tomb dalt del meu cotxe patrulla? Puc encendre'n la sirena i els llums. —El policia semblava tan engrescat amb aquella idea que la Violeta no va gosar negar-s'hi, i el va seguir. Van creuar el pis de la Didí i després van sortir al carrer.

Però es veu que l'agent Puig no aconseguia recordar on havia aparcat el cotxe i, mentre anava amunt i avall per intentar localitzar-lo, la Violeta va veure el comte dret a l'altra banda del carrer, conversant seriós amb el conductor d'una furgoneta que hi havia aparcada. La Violeta es va ajupir entre dos cotxes per intentar veure'l millor sense que la descobrissin. Llavors el comte va donar un cop d'ull al seu voltant, neguitós, com si l'amoïnés que el poguessin veure, i tot seguit va lliurar al conductor un paquetet. Immediatament després va creuar el carrer corrent i va pujar en una limusina que l'esperava i que va engegar a l'instant. La furgoneta també es va posar en marxa i va passar per davant de la Violeta. Va llegir aquesta ins-

cripció en un costat del vehicle: F. Argenter. De què li sonava, aquest nom?

Malgrat tot, abans que ho pogués rumiar, l'agent Puig se li va acostar amb cara d'estar molt amoïnat:

—Em temo que algú m'ha robat el cotxe!

La Violeta va inspeccionar el carrer.

—No és aquell? —va preguntar, assenyalant un cotxe de policia que hi havia aparcat una mica més avall.

—Sí! Mira que n'arribo a ser, de ximplet! Amb aquesta ja són tres les vegades que m'he pensat que me l'havien robat, i resulta que el tenia aparcat davant dels nassos.

El cotxe estava fet un autèntic desastre, i la Violeta va haver d'apartar un llibre i un munt de papers del seient de darrere per poder seure.

—És un llibre increïble. Tot just me l'he acabat —va comentar l'agent Puig mirant el llibre que la Violeta tenia a la mà—. Només he trigat sis mesos a llegir-me'l —va afegir amb orgull.

A la Violeta el cap li bullia d'idees.

—Me'l deixa?

L'agent Puig va fer cara de satisfacció.

—I tant que sí. I ara, Violeta, és l'hora de divertir-se una mica. —I amb un somriure immens va encendre els llums i la sirena i va recórrer a tota velocitat la curta distància que els separava de la casa de la Violeta.

6

EL DIAGRAMA PER RESOLDRE CASOS

La setmana següent va ser força complicada a casa dels Mora Cler. La calor no afluixava i, si bé els meteoròlegs no deixaven de repetir que plouria, al final no va ploure. El cel es feia més i més fosc, l'aire era cada cop més enganxós, i la gent estava cada cop més acalorada i malhumorada. En Bonaventura va estar de viatge fins dijous i la Camila va treballar de valent en el disseny de les darreres peces de la seva nova col·lecció de joies.

I la Violeta? Doncs no es podia treure del cap la història de la figura que escalava i la joia desapareguda. Sabia que havia vist algú al jardí i no podia entendre per què el comte havia mentit sobre la tornada de la Isabel de l'internat i per què l'havia incomodat tant que ella expliqués el que havia vist. Era com si hagués volgut que l'agent Puig no cregués ni mitja paraula del que ella deia, com si no li importés que es trobés la joia de la Didí.

La Violeta va passar gairebé totes les estones lliures al jardí amb la Rosa parlant del cas, ja que era el més emocionant que havia passat en molt de temps.

Hi havia dues coses que les neguitejaven especialment. La primera era la Didí. Els metges de l'hospital havien decidit que l'anciana venerable s'hi havia de quedar tota la setmana ingressada i la Magda, la mare de la Rosa, i la Camila havien anat a visitar-la. No els n'havien dit gaire cosa a les nenes, però pels retalls de conversa que la Violeta i la Rosa havien sentit van deduir que la Didí estava molt afectada pel robatori i que encara no es trobava gens bé.

La segona era l'agent Puig. De debò que un policia que havia perdut el cotxe tres vegades en una setmana podria ser capaç de resoldre un cas tan difícil com aquell? En efecte, el mateix dijous, l'agent Puig va trucar a la Camila per demanar-li que li digués a la Didí que li sabia molt de greu, però que tenia intenció de tancar el cas per falta de proves.

—Però això no ho pot fer! —va exclamar la Violeta quan l'hi va explicar la seva mare.

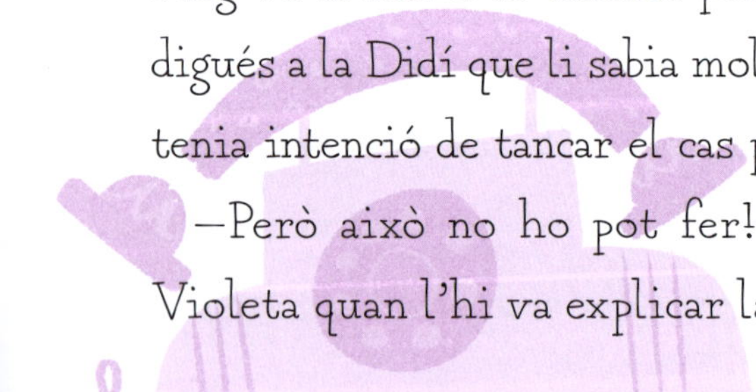

—Estic d'acord amb tu, *chérie*, és molt trist. Crec que no n'hi diré res a la Didí fins que estigui del tot recuperada.

—Però sí que hi ha pistes! Què me'n diu, dels cabells pèl-rojos? I de la persona que vaig veure escalant?

La Camila va arronsar les espatlles.

—Ho sento, Violeta. Ara haig d'avançar feina. Per què no vas a buscar la Rosa?

I això és exactament el que va fer la Violeta: se'n va anar a buscar la Rosa amb el llibre de l'agent Puig a la mà.

A la nit, la Violeta era al llit, desvetllada. «Com es pot dormir», va pensar, «quan has descobert la identitat d'un delinqüent molt important?». Va encendre el llum de la tauleta de nit per enèsima vegada i va consultar el diagrama per resoldre casos que la Rosa i ella havien escrit seguint les indicacions del llibre de l'agent Puig. No obstant això, tenien un problema ben gros: que ningú no

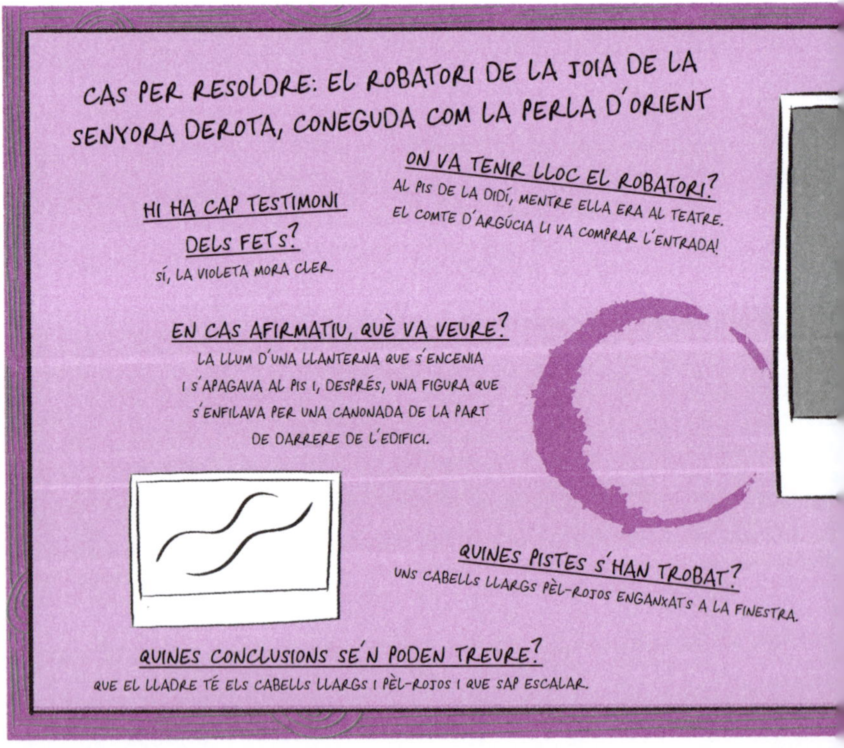

les creia. Quan la Violeta i la Rosa van ensenyar el diagrama a la Norma, ella es va mostrar amoïnada i confosa. Era un «assumpte molt seriós», va dir, «acusar algú de robar». És el mateix que va dir la mare de la Violeta, menys amoïnada i confosa, i més segura que el comte i la comtessa mai

no farien una cosa així, no cal dir la seva filla. Això és també el que els va dir en Bonaventura quan va arribar del viatge, tot i que no estava gens amoïnat i confós, però sí totalment convençut que la Violeta i la Rosa s'equivocaven de mig a mig i també un xic enfadat que fessin aquelles insinuacions.

La Rosa va intentar ensenyar el diagrama als seus pares, però ells van fer uns comentaris gairebé idèntics als de la Violeta.

Evidentment, res de tot això no va fer desdir les noies, que estaven segures de la seva teoria. De tota manera, es van adonar que, per més que s'estimessin els seus pares i la Norma, ells no els ajudarien gens a recuperar la joia de la Didí.

A la Violeta li va quedar ben clar, mentre estava estirada al llit, que ella, la Violeta Mora Cler, hauria d'actuar sola (amb una mica d'ajuda de la Rosa, o això esperava). El primer pas seria anar a veure l'agent Puig l'endemà mateix. Com a policia, segurament es prendria seriosament les seves deduccions, oi?

7

LA FUGIDA DEL SANTA CATERINA

Per sort, el Santa Caterina, l'escola de la Violeta i de la Rosa, era tan sols a un parell de carrers de la comissaria, i a la Violeta li va semblar que la manera més senzilla de trobar-se amb l'agent Puig era escapant-se de l'escola. Però és clar, això era molt més fàcil de dir que de fer, ja que l'escola Santa Caterina disposava d'unes mesures de seguretat d'allò més estrictes. Hi havia intèrfons, porters automàtics, reixes tancades amb clau i portes amb forrellat a cada pas. I tot plegat no era tant perquè no hi entrés la gent, pensava la Violeta, sinó més aviat perquè no en sortissin els alumnes. Escapar-se de l'escola seria una mica com escapar-se de la presó.

La Violeta va quedar amb la Rosa l'endemà al matí, abans de les classes, al racó més tranquil del guarda-roba de l'escola per celebrar una reunió d'urgència. La Violeta ja havia rumiat, maquinat i reflexionat molt, i se li havien acudit tres plans. Quan els va explicar, la Rosa va arrufar el front amb preocupació, perquè per més que volgués ajudar, no podia evitar pensar en el càstig tan terrible que els cauria si les enxampaven.

Tot i la preocupació de la Rosa, no hi havia temps a perdre i aquell mateix matí la Violeta va posar en marxa el pla A.

PLA A

Sortir descaradament i a bon pas per la porta principal.

—Haig d'anar al dentista —va explicar la Violeta amb veu ferma a la senyoreta Tornamira, la seva mestra, després de la primera classe.

La senyoreta Tornamira va fer cara de sorpresa.

—No tinc apuntada aquesta visita a l'agenda. Saps si els teus pares han avisat l'escola?

—Sí, és clar. He portat l'autorització i jo mateixa l'he donat a la secretària.

La senyoreta Tornamira va quedar pensativa durant uns moments. La Violeta era una alumna honesta i acostumava a dir la veritat.

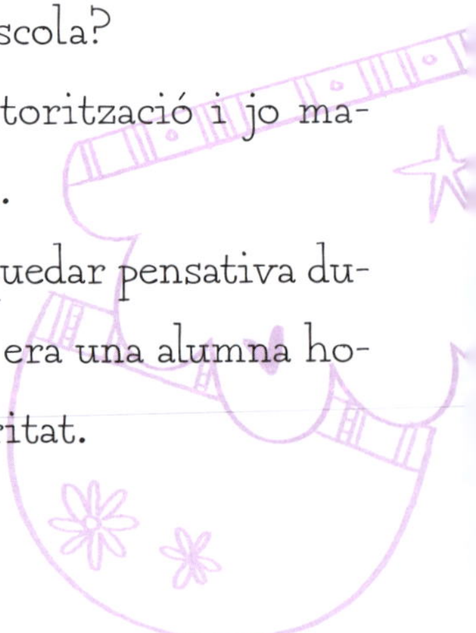

—Entesos —va accedir la mestra—. Pots baixar i esperar la teva mare al vestíbul.

La Violeta va sortir com un llamp abans que la senyoreta Tornamira tingués temps de canviar d'opinió. La Rosa li va desitjar bona sort en veu baixa quan la Violeta va passar pel costat del seu pupitre.

La senyoreta Agulló, la portera de l'escola, parlava per telèfon. La Violeta va esperar que acabés, saltironant ara amb un peu, ara amb l'altre, com feia de vegades quan estava nerviosa. I aleshores, en el mateix moment que la senyoreta Agulló es disposava a penjar el telèfon, va passar una de les pitjors coses que podia passar. La senyora Fondalada, la directora, va sortir del despatx. Els seus ulls rodonets i brillants van mirar fixament la Violeta.

—Violeta —va dir amb desconfiança—, en què et podem ajudar? No hauries de ser a classe?

Tot d'una, la Violeta es va sentir molt petita. No havia considerat la possibilitat d'haver de parlar amb la temible directora Fondalada.

—Miri, veurà, és que haig d'anar al dentista... —La Violeta va notar com li pujaven els colors a la cara mentre deia balbucejant la mentida que havia assajat amb tanta cura.

La senyora Fondalada va aixecar la mà per indicar-li que callés.

—Senyoreta Agulló, ha rebut una autorització dels pares de la Violeta per anar al dentista?

La senyoreta Agulló va brandar el cap.

—No, senyora directora, em temo que no.

—Ja, és clar —va fer la directora amb lentitud, allargant cada síl·laba—. Sembla que t'has confós, Violeta. Avui no tens visita amb el dentista. Per tant, et suggereixo que te'n tornis a classe tan ràpidament com t'ho permetin aquestes cametes.

I a la Violeta no li va quedar més remei que abandonar el pla A i pujar corrent les escales fins a la seva aula. A l'hora del pati la Violeta i la Rosa van provar sort amb el pla B.

La Dorotea Estofat, la cuinera de l'escola, feia gairebé tanta por com la directora, la senyora Fondalada, i les dues noies, és clar, es van acostar a la porta de la cuina un xic nervioses. La primera oportunitat va coincidir amb el repartiment diaris de queviures i, quan van obrir amb cautela les portes de vaivé, van sentir com la senyora Estofat escridassava el carnisser.

El pobre home estava dret tot capcot mentre ella el renyava de valent pels molts defectes que tenien les salsitxes. El carnisser es va alegrar de veure la petita figura de la Rosa, que se li va acostar i va interrompre el sermó.

La Rosa es va situar de manera que la senyora Estofat no pogués veure la porta del darrere i molt nerviosa va començar a explicar-li que la seva mare havia sabut que la Rosa era al·lèrgica al gluten i li va demanar que li preparés sisplau menjar especial sense gluten. A la senyora Estofat no li va agradar gens ni mica aquella interrupció, però tant ella com el carnisser estaven tan distrets que no es van adonar que la Violeta havia sortit sigillosament per la porta del darrere.

«Sí!», va pensar la Violeta. «Això sí que funcionarà!»

Però just en aquell moment el forner va aparèixer a la porta del darrere, ja que a ell també l'havien avisat per esbroncar-lo per la pèssima qualitat dels panets. Va trucar al timbre, i la senyora Estofat va mirar cap a la porta.

—Violeta! —va bramar.

La Violeta va quedar paralitzada i es va girar a poc a poc, preparada per donar explicacions a la cuina. Però la senyora Estofat no tenia cap interès en el que li pogués dir.

—Torna-te'n al pati! I tu també, Rosa! Fes el favor de dir-li a la teva mare que si vol que mengis sense gluten te l'haurà d'enviar ella, el menjar!

Un autèntic desastre. No es podien qualificar d'una altra manera els intents de fuga que havia fet fins aleshores. Així doncs, la Rosa i la Violeta se'n van anar al pati per considerar les dificultats i els perills del pla C.

—Estàs segura que és una bona idea? —va preguntar neguitosa la Rosa a la Violeta.

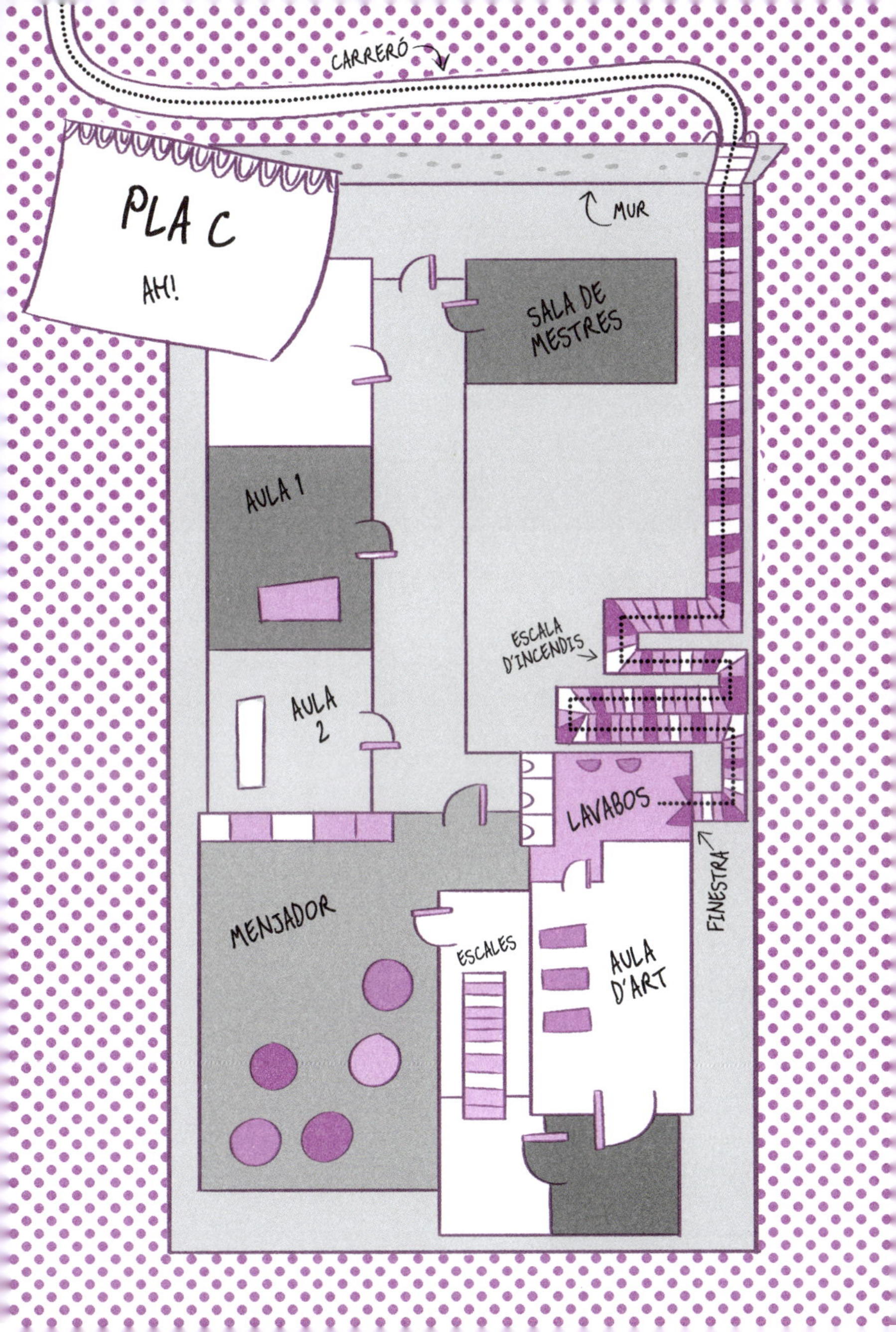
CARRERÓ
PLA C
AH!
MUR
SALA DE MESTRES
AULA 1
AULA 2
ESCALA D'INCENDIS
LAVABOS
FINESTRA
MENJADOR
ESCALES
AULA D'ART

La Violeta va trigar uns instants a respondre, ja que tampoc no les tenia totes. Malgrat tot, llavors va pensar en la Didí i va assentir amb tot l'entusiasme de què va ser capaç.

Quan van acabar la classe de plàstica, les dues amigues es van amagar als lavabos i van escoltar com els seus companys es precipitaven escales avall en direcció al menjador; era l'hora de dinar. Així que es va fer silenci, la Violeta va obrir la finestra del lavabo, s'hi va enfilar i, mentre la Rosa l'aferrava pels braços, va baixar fins a l'escala d'incendis, vella i rovellada. La Violeta li va dir adéu amb veu baixa i tot seguit va córrer procurant no fer gens de soroll cap a la primera planta de l'edifici.

Pip-pip. Li va sonar l'alarma del rellotge, que avisava la Violeta que d'aquí a dos minuts s'acabava l'hora de dinar.

«Oh, no», va pensar. «M'estic entretenint massa.»

El cert és que ara venia la part realment difícil: anar des de l'escala d'incendis fins al mur alt que hi havia al costat del carreró. A més, la distància era molt més gran del que havia pensat.

Agafant-se a la barana de l'escala d'incendis, la Violeta es va estirar tant com va poder, però encara era massa lluny. No podia saltar perquè perdria l'equilibri. I tampoc no hi havia temps per girar cua, i al cap d'uns instants tots els seus companys acabarien de dinar i la descobririen aferrada a la part de darrere de l'edifici. El pànic es va començar a apoderar de la Violeta. Com es podia acostar una mica més al mur? Llavors, en mirar cap avall, es va veure el llaç de l'uniforme, i va tenir una idea genial. Ràpida com un llamp, se'l va treure del coll i el va lligar a la barana. Subjectant-se al llaç, es va inclinar cap endavant i, e-s-t-i-r-a-n-t-s-e tant com va poder, va aconseguir pujar al mur sense caure. Va sonar el timbre del menjador, i tots els alumnes van sortir esvalotats al pati en el mateix instant en què la Violeta baixava al carreró i arrencava a córrer cap a la comissaria de policia.

Feia l'efecte que a l'agent Puig l'havien ascendit; tenia un despatx elegant i la Violeta es va adonar que tothom li deia «inspector». Es va alegrar

molt de veure-la o, per ser més exactes, se'n va alegrar fins que ella li va ensenyar el diagrama de resolució del cas; en aquell moment va ser com si un núvol enfosquís la cara del policia. Abans que la Violeta acabés d'explicar-l'hi tot, ell la va interrompre bruscament.

—Violeta, t'haig de dir que la teva acusació contra la família Argúcia em sembla força absurda. —La Violeta va intentar protestar, però ell li va subjectar la mà per deturar-la, tot vermell de ràbia—. Podria estar-me hores explicant-te com n'esteu, d'equivocats, tu i el teu diagrama, però no tinc temps perquè haig d'enllestir una pila de feina policial molt més important. O sigui que l'únic que et diré és que la principal raó per la qual tot això és absolutament ridícul és que aquest matí el comte ha vingut a veure'm per dir-me que havia trobat la Perla d'Orient en un parterre que hi ha al costat del pis de la senyora Derota i que l'hi havia tornat sense incidents. Què, Violeta? Què me'n dius, d'això? —li va preguntar amb aire triomfant.

A la Violeta la va sorprendre tant aquesta notícia que no va saber què dir. Malgrat tot, allò no va tenir cap rellevància perquè just aleshores van tustar fluixet a la porta. Va aparèixer una policia jove.

—Sento molestar-lo, inspector, però he pensat que li podria interessar saber que l'escola de Santa Caterina acaba de denunciar la desaparició d'una alumna —va dir, mirant la Violeta intencionadament.

—Ai, estimada Violeta —va fer l'agent Puig somrient amb burla—. Em sembla que t'has ficat en un bon embolic, eh?

8

LA PADRINA CELEST I ALTRES EXTRES D'ESTIU

Va ser poc abans de mitjanit que la Violeta finalment va deixar de plorar i es va adormir.

La Camila havia hagut de sortir de la feina per anar a buscar la Violeta a la comissaria, i a la Violeta la rosegava la culpa per dins només de recordar la cara d'enfadada i avergonyida de la seva mare. La senyora Fondalada s'havia reunit amb elles a la comissaria i havia assegurat a la Camila que estava tan horroritzada pel que havia fet la Violeta que l'expulsaria temporalment de l'escola. El pitjor de tot era que la senyora Estofat s'havia queixat de la Rosa, i a ella també l'expulsaria per haver ajudat la Violeta. Com que el curs s'acabava la setmana següent, no tornarien a trepitjar el centre fins al setembre.

Quan van arribar a casa, en Bonaventura les esperava amb cara d'enfurismat. Pel que sembla, el comte ja s'havia assabentat de les acusacions de la Violeta —«evidentment l'hi ha xerrat l'agent Puig», va pensar la Violeta— i havia trucat al seu pare; havia cridat tant per telèfon que en Bonaventura s'havia hagut d'apartat l'auricular de l'orella. El comte li havia fet saber amb molt males maneres com n'estava, d'ofès, per haver estat víctima d'una acusació com aquella, i li havia dit que tenia intenció de despatxar-lo. Si hi havia més acusacions, s'encarregaria que en Bonaventura no tornés a treballar mai més. Els pares de la Violeta estaven tan disgustats que van demanar a la Violeta que escrivís una carta molt llarga i humiliant per demanar disculpes a la família Argúcia.

Únicament la Norma havia estat un consol. Li havia preparat una pizza de tomàquet i formatge per sopar i més tard li havia dut un got de llet calenta perquè l'ajudés a dormir.

—La senyora Derota és una senyora molt amable i és amiga teva —li havia dit amb dolçor mentre li premia suaument el braç—. Has intentat ajudar-la, no has fet res mal fet.

Malgrat tot, la Violeta no l'escoltava i no deixava de plorar. Va ser una llàstima que la Violeta no sabés fins ben entrat el dia següent que la visita que la senyora Fondalada havia fet a casa de la Rosa no havia sortit tal com esperava la directora. Si ho hagués sabut, probablement s'hauria sentit millor.

La Rosa i la seva mare, que era una mena de versió adulta de la Rosa, havien vist la directora pujar per les escales de casa seva i s'havien amagat al lavabo. O sigui que va ser el pare de la Rosa el que li va obrir la porta. En Robert Tresserra era un advocat de prestigi; acabava de tornar del tribunal i, vestit encara amb la toga i la perruca, va exigir que li expliqués el cas contra la seva filla i, després que la directora l'hi hagués exposat, no es va mostrar gens impressionat.

—Com a penalista, senyora Fondalada, m'ocupo de fets contrastats i proves concloents, no pas del que jo denominaria, en el millor dels casos, suposicions poc sòlides. Pel que sembla, senyora Fondalada, vostè es proposa expulsar la meva filla de l'escola per haver demanat una dieta sense gluten a la senyora Estofat, la qual cosa, segons el meu entendre, no és pas un delicte, atès que si ho fos mig país seria a la presó, no ho creu?

La directora no s'acostumava a quedar sense paraules. El cert és que estava tan estupefacta que, quan va obrir la boca per intentar dir alguna cosa, va ser incapaç d'articular cap so. El pare de la Rosa va mantenir la porta de l'entrada oberta i la va convidar a anar-se'n.

—M'alegro que estigui d'acord amb mi —va continuar—. Demà la Rosa anirà a l'escola com sempre. Ha estat un plaer, senyora Fondalada. Vingui a veure'ns quan vulgui. Bona nit tingui. —I va tancar la porta.

L'endemà al matí, va arribar la Celest, la padrina de la Violeta, per estar-se uns dies amb ells durant un descans en els seus viatges a les conques salines de Xile i als fiords noruecs. Quan va veure aquelles cares llargues i els ulls vermells i inflats de la Violeta, va preguntar què diantre havia passat. Va escoltar la història amb aire greu, però quan van acabar de parlar, un petit somriure se li va insinuar als llavis.

—Oh, mare meva! Sembla molt i molt seriós, tot això —va dir amb un to de veu que deixava veure que pensava just el contrari—. Ara bé, també penso que demostra que la Violeta i la Rosa tenen empenta i sentit de la justícia, dues coses que són molt positives —va picar l'ullet a la Violeta amb astúcia—. I pel que fa a l'escola, a la Violeta almenys no l'han expulsat per haver fet alguna dolenteria tan terrible com pot ser... tenir tancada la professora de geografia a l'armari del material durant sis hores i provocar-li gairebé un atac de nervis, oi, Camila?

Per alguna raó que la Violeta no va entendre, la seva mare es va posar vermella com un pebrot i va llançar una mirada furiosa a la Celest.

Allò va fer que la Celest somrigués encara més i que a en Bonaventura se li escapés una riallada. En aquell moment la Norma va entrar amb una safata plena de tires de bacó i de gofres per esmorzar, i la casa dels Mora Cler va recuperar el bon humor.

La Celest va treure una ampolla de cava de la motxilla.

—Això mereix un brindis.

Pum! El tap de suro va sortir disparat i un riu de bombolles va omplir les copes dels adults i només un rajolí va anar a parar al suc de taronja de la Violeta—. Senyores i senyors, brindem perquè aquest estiu sigui magnífic, perquè aparegui el fermall de la senyora Derota, que

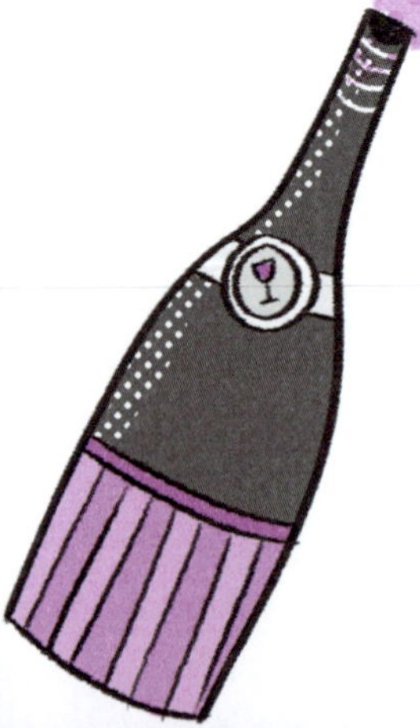

esperem que a hores d'ara sigui al banc i no en una llauna de galetes, i per la Violeta, que no ha estat expulsada definitivament de l'escola, sinó només per una temporada, a diferència de...

Però la Celest no va poder continuar parlant perquè la Camila li va tapar la boca amb la mà.

La Violeta va estar encantada que la Celest es quedés uns quants dies. Quan la seva padrina se'n va anar, les vacances d'estiu ja havien començat de debò i els pares de la Violeta ja li havien perdonat del tot que s'hagués escapat de l'escola. Com sempre, la Violeta tenia planificat cada minut de les vacances, i el seu horari era més o menys així:

En aquest moment podria explicar la gran quantitat de vivències que van tenir la Violeta i la Rosa a la barca i com la Violeta va aconseguir tirar l'Esteve a l'aigua gairebé tots els dies, i per què ella i la seva cosina Agnès, que era molt entremaliada, van acabar passant una nit soles al cim d'una muntanya on només hi havia algunes cabres, o la forta enganxada que van tenir amb la *grand-mère* per culpa d'un pot de melmelada de gerds; però no hi ha prou temps ni espai, i el que és més important encara, tot això no tindria res a veure amb la Didí, ni amb el comte, ni amb la Perla d'Orient. Així doncs, hi haurà una petita interrupció en la nostra història perquè em temo que no s'acaba aquí, amb la devolució del fermall de la Didí. No us ho penseu pas. L'espectacle es reprendrà al setembre...

9 PASTISSETS I FALSIFICACIONS

—Violeta i Rosa, les meves nenes! Estic tan contenta de veure-us! Però si sembleu dues mores ben sucoses, quin goig que feu! —va exclamar la Didí quan les nenes van aparèixer a la porta de casa seva a principi de setembre. La Violeta tenia diversos plats de menjar a les mans i també una gòndola de miniatura, record de les vacances a Venècia—. Oh, i heu vingut carregades amb regals que es mengen. Quina meravella! I una gòndola també! El meu mitjà de transport preferit. Au, passeu, passeu.

El pis de la Didí estava tan desendreçat com sempre. La Lulabel estava ajaguda sobre un munt de roba, a terra, i la Violeta va haver de treure unes quantes sabates desaparellades que hi havia en una cadira per poder seure.

—He descobert aquests pastissets. Són deliciosos —va anunciar la Didí, i els en va treure un plat—. Són ben bons i lleugers. Tasteu-los.

Totes tres van menjar i conversar de les vacances i de l'estiu. Aleshores la Didí els va explicar el que tenia pensat per a la Perla d'Orient.

—He decidit vendre-la —va anunciar amb un gran somriure—. No en puc gaudir, ara que és al banc. A més, el comte m'ha dit que vol apujar força el lloguer i, reines, us puc assegurar que una actriu de Hollywood retirada no té una bona pensió. Encara sort que tinc la perla per ajudar-me. Violeta, sisplau, dona-li les gràcies a la mare per haver-me recomanat una joiera especialitzada en aquest tipus de peces. Sembla encantadora i molt professional; hem quedat de veure'ns demà. Ara haig de decidir quin vestit em posaré.

—Me n'alegro, Didí. Espero que n'aconsegueixis un bon preu —va dir la Violeta.

—Oh, segur que sí. Em sortiran els diners per les orelles! —va taral·lejar la Didí per a si mateixa—.

I bé, què en penseu, nenes, em poso el vestit de tul groc canari o el de crepè de color albergínia?

—El de crepè de color albergínia —van respondre la Violeta i la Rosa a l'uníson.

—Sense cap mena de dubte —va afegir la Violeta per deixar-ho ben clar—. Gràcies pels pastissets, Didí, però me n'haig d'anar a casa a sopar.

—Jo també —va dir la Rosa.

—Entesos, tresors. Que passeu una bona vetllada. Dona-li les gràcies a la Norma per aquest menjar. És una cuinera fantàstica i un encant com a persona.

Les nenes van sortir al sol de la tardor, amb el mateix pensament al cap. Encara sort que la Didí havia recuperat la Perla d'Orient. Perquè si no tingués aquesta joia per vendre, què en seria, d'ella?

L'endemà a la tarda, la Violeta acabava la classe de violí quan va arribar la seva mare a casa. La va estranyar molt, perquè només eren les cinc. La Camila, que feia cara d'estar molt amoïnada, va entrar al despatx per parlar amb en Bonaventura i després va dir que havia de tornar a sortir.

A dos quarts de set tocats la Camila encara no havia tornat, i en Bonaventura continuava tancat al despatx, parlant per telèfon. La Violeta es movia neguitosa davant la porta, ansiosa per sentir alguna cosa. De sobte, el seu pare va sortir i se'n va anar de dret al jardí; semblava molt alterat.

Què diantre passava? La Violeta estava engrescada, picada per la curiositat, però alhora la neguitejava que hagués pogut passar alguna desgràcia. No va ser fins més tard, quan en Bonaventura li va anar a dir bona nit, que es va assabentar de tot.

—La teva mare és amb la Didí —li va explicar—. Ha tingut un disgust horrible perquè es veu que el fermall és fals. És una bona còpia, però una còpia, al capdavall.

La Violeta va quedar bocabadada.

—En David Derota no hauria comprat mai una joia falsa a la Didí. Ell l'estimava, fins i tot més que a la Marilyn —va replicar la Violeta a la defensiva.

Aquelles paraules van arrencar un petit somriure al pare de la Violeta, malgrat les circumstàncies.

—Estic segur que en David se l'estimava molt i no en tenia ni idea, que la joia era falsa —va observar—. Però ho és, bonica. La teva mare l'ha examinat, i també ho ha fet una joiera experta. És una notícia terrible per a la Didí. Sé que us ha explicat a la Rosa i a tu que el comte li apujarà moltíssim el preu del lloguer. De tota manera, estic segur que serà just i li donarà un parell de mesos perquè trobi una altra casa. Tots la podem ajudar amb el trasllat.

A la Violeta se li van començar a omplir els ulls de llàgrimes.

—Però si és casa seva, la Didí no se n'hauria d'anar, no és just! El comte ja és prou ric. Per a què necessita més diners? Segur que és perquè vol convertir el pis tan bonic de la Didí en una piscina! Te'n recordes que li va demanar que se n'anés només d'arribar?

—Ssst, no t'alteris, bonica. Sé que sembla injust, però per desgràcia el món funciona així.

—Doncs funciona ben malament —va deixar anar la Violeta—. Vull veure la Didí.

Va començar a sortir del llit.

—No, no! —va insistir el seu pare—. Està molt trasbalsada, Violeta, i no crec que vulgui que la vegis així. La teva mare és amb ella. Val més que la vagis a veure demà. Ara dorm. Bona nit. —Li va acariciar la galta.

La Violeta li va fer un petó de bona nit. Estava terriblement indignada i es preguntava com podia ajudar la Didí en aquest altre cop de mala sort.

10 VIOLÍ, ES POT SABER QUÈ FAS?

L'endemà era dissabte i, després d'una reunió d'urgència amb la Rosa a primera hora del matí, les noies es van posar a treballar per recollir diners per a la Didí. Van muntar una parada per vendre llimonada i *cupcakes* que va ser tot un èxit i al final del dia tenien un pot de melmelada ple de monedes, que van comptar escrupolosament. Vint-i-dues lliures i noranta-quatre penics. Semblava una quantitat enorme. Segur que amb tots aquells diners podrien ajudar la Didí a pagar al comte el lloguer del pis.

Així doncs, quan la Violeta va picar a la porta de la Didí, amb el pot de monedes i una capsa de pastissets, estava força esperançada. Però aleshores la Didí va obrir la porta, i la Violeta va veure que tenia un aspecte molt diferent del que era habitual. No s'havia maquillat i duia els cabells recollits de qualsevol manera en un monyo mal fet. La Violeta, estupefacta, la va trobar molt envellida i cansada mentre agafava els pastissets i el pot amb un somriure gairebé inapreciable.

—No et fa res, oi, maca, que no et convidi a passar? És que estic una mica cansada. Però agafa un pastisset. Moltes gràcies per tot, i pels diners. Et trobaré tant a faltar quan... —No va poder seguir, els ulls se li van omplir de llàgrimes—. Me n'haig d'anar, tresor, però ja em vindràs a veure un altre dia, quan em trobi més bé, oi?

La Violeta va assentir amb el cap, massa trasbalsada per poder parlar. En comptades ocasions havia vist plorar una persona adulta, i es va sentir profundament trista. La Didí va tancar la porta, i la Violeta va pujar les escales i va sortir al jardí. El comte i la comtessa ja s'havien traslladat a la seva casa nova de trinca, i els llums estaven encesos. Les rialles d'ase tan horribles que feia la

comtessa s'escapaven per una finestra oberta del primer pis. La Violeta es va inundar d'ira, com un got que s'omple d'aigua fins dalt. Com s'atrevien a riure quan, per culpa seva, la Didí era tan infeliç? Va començar a enfilar-se a l'arbre, sense importar-li que ho tingués prohibit.

El fullatge de l'arbre la camuflava completament, però hi havia prou clars per tenir una bona visió

de l'esplèndid menjador del comte. L'Ernest, el majordom, servia el sopar; anava d'un costat a l'altre de la taula, vestit com un cambrer d'un restaurant de luxe i carregat amb safates de plata.

—Coralina, amor meu —va sentir la Violeta que deia el comte, el qual va alçar la copa per brindar amb la comtessa, engalanada amb un vestit de seda daurat a joc amb les cortines.

—Renard —li va respondre, i va prendre un glopet de la copa—. No saps com m'agrada aquest obsequi tan valuós que m'has fet. —I es va tocar una cosa que portava al pit i que la Violeta no podia veure.

—Crec que també hauríem de brindar pel nostre amic brillant, en Frederic Argenter, no creus? Sense ell, no hauria aconseguit el teu regal i ara no podríem construir una magnífica piscina al soterrani. —Tots dos van esclatar a riure.

«Aquest nom, altra vegada», va pensar la Violeta. Era el nom que havia llegit a la furgoneta i en algun altre lloc. Si pogués recordar on... En aquell moment, la Violeta va sentir un cruixit a sota seu i va veure un cap ros conegut que s'acostava a la branca on era ella. Només li faltava allò.

—Eh, Violí, es pot saber què fas? —va murmurar l'Esteve amb aquella veu tan desagradable—. Espero que no estiguis espiant.

—Calla i toca el dos! —li va dir entre dents la Violeta. L'Esteve es va posar a grimpar per l'arbre fins on era ella.

—Ostres! Però si des d'aquí es veu l'interior de la casa —va xiuxiuejar l'Esteve.

La Rosa va escollir aquell moment per aparèixer al peu de l'arbre.

—Baixeu tots dos de l'arbre ara mateix. És molt perillós! —va exclamar preocupada.

—Ssst! —van fer alhora la Violeta i l'Esteve.

Però ja era massa tard. La comtessa va deixar de riure i va quedar immòbil, parant orella.

—Què passa, amor meu? —va preguntar el comte amoïnat, mentre la seva dona s'aixecava i s'acostava a la finestra.

—He sentit veus —va explicar guaitant per la finestra, fixant aquells ulls blaus tan freds en l'arbre. La Violeta i l'Esteve es van arrambar al tronc, intentant amagar-se.

—Deuen ser els nens, que juguen al jardí, bombonet meu —li va dir el comte per tranquil·litzar-la.

—No, és molt estrany: les veus eren de nens, però se sentien més a la vora —va assegurar la comtessa, i va tancar la finestra amb un bon cop just en el moment que la Rosa s'enfilava a l'arbre per reunir-se amb els altres.

—Però quin fermall que porta, és ENORME! —va exclamar l'Esteve; tots tres miraven petrificats la joia que la comtessa duia subjecta a l'altura del pit.

—No és... Però per què dimonis porta la Perla d'Orient? —va xiuxiuejar la Rosa a la Violeta.

—No ho sé, però val més que ho esbrinem —va respondre la Violeta.

Era tard i començava a fosquejar, però les noies tenien moltes coses de què parlar. Què podien fer? L'única opció era passar la nit juntes, i van decidir convèncer la mare de la Rosa (que sempre li costava molt dir que no a tot) perquè les deixés. Al cap de cinc minuts les dues amigues anaven cap a casa de la Violeta, la Rosa amb el pijama i el raspall de dents a la mà. En el moment que entraven a la sala d'estar, la Violeta es va aturar en sec.

—Rosa! Ja sé de què em sona aquest nom, el senyor Argenter! —va exclamar. Va anar cap a la lleixa de la llar de foc i va agafar la targeta que hi havia darrere del rellotge—. És el joier especialitzat en bijuteria que la comtessa va recomanar a la meva mare —va explicar la Violeta a la Rosa—. La comtessa va deixar aquesta targeta quan van venir a visitar-nos i vaig veure que el comte hi parlava al costat del pis de la Didí l'endemà del robatori de la Perla. Els comtes brindaven pel senyor Argenter durant el sopar..., però la comtessa va dir que ella no portaria mai bijuteria. No ho entenc. Què pot haver fet per a ells? —La Violeta va sentir com si tingués la resposta a tocar, però no l'acabés de veure.

—Ja ho tinc —va fer la Rosa amb veu baixa—. Violeta, i si hem tingut raó tot aquest temps i la

Isabel va robar la joia per als seus pares? I si l'hi va donar al seu pare i l'endemà, quan tu vas veure el comte al carrer, la va donar al senyor Argenter? Ell la va copiar, i ara hi ha dues joies idèntiques, però una és l'autèntica i l'altra, la còpia.

La Violeta va fer un crit ofegat. La Rosa havia resolt l'enigma!

—Sí! —va exclamar, i tot seguit va afegir—: I després el comte va fer veure que trobava la joia i, en lloc de retornar-n'hi l'autèntica a la Didí, n'hi va donar la còpia. La Didí no se n'adonaria, de la diferència! No ha estat fins que ha intentat vendre-la que n'ha descobert el valor autèntic. Ja ho tenim! Rosa, que llesta que ets! —La Violeta no deixava de saltar tota exaltada.

—Déu meu! —va exclamar en Bonaventura quan va entrar al saló—. A què es deu, tant d'entusiasme?

La Violeta, com sempre, estava a punt de xerrar-ho tot al seu pare, però la Rosa se li va avançar.

—És un secret —va afirmar, i es va endur la Violeta ràpidament d'allà, perquè, com li va explicar mentre es raspallaven les dents, hauria passat com la primera vegada: ningú no les hauria cregut i el comte ho hauria negat tot.

Per molta por que els fes, si volien recuperar la Perla d'Orient, ho haurien de fer soles. Per tant, van guardar el secret.

Bé, això no és del tot cert, perquè la Violeta l'hi va explicar a la Norma. Però la Norma no en va dir res. Absolutament res. De fet, la Violeta ni tan sols va saber segur si l'escoltava perquè de seguida va canviar de tema per parlar del temps.

11

LA FESTA: PRIMERA PART. POSA'T UNA DISFRESSA TERRORÍFICA

La Violeta i la Rosa havien parlat una infinitat de vegades sobre com s'ho farien per recuperar la joia de Didí, que ara estava en mans dels comtes, però no havien aconseguit elaborar un bon pla. Totes dues començaven a pensar que era una missió impossible, però no suportaven la idea de dirho en veu alta perquè sempre que veien la Didí els feia molta llàstima.

Aleshores va passar una cosa.

Gairebé una setmana després de la nit que van dormir juntes, en tornar de l'escola, la Violeta es va trobar a la taula del vestíbul un gran sobre negre adreçat a la família Mora Cler; hi havia escrites unes lletres ondulades i platejades.

«Sembla una invitació a una festa», va pensar. «Que emocionant!»

I sí que era una invitació, però no pas a una festa on la Violeta li vingués de gust anar...

—Hem rebut una invitació dels comtes d'Argúcia i de la Isabel! Que amables —va dir la seva mare més tard mentre prenia a glopets un còctel, amb el sobre negre obert a la mà—. Mira, Violeta, és una festa de Halloween. Això vol dir que ens hem de disfressar? —va preguntar alarmada.

—Em temo que sí, amor —va aclarir en Bonaventura mentre li agafava la invitació de la mà.

La Violeta no tenia cap intenció d'anar-hi; no podia veure els Argúcia per tot el que havien fet a la Didí i estava a punt d'inventar-se que una amiga que acabava de fer a l'escola organitzava una festa de Halloween aquella mateixa nit, a la qual no podia faltar, quan la Norma li va dir, gairebé com si pogués llegir-li el pensament:

—Violeta, hi has d'anar. Serà divertit. Et faré una disfressa magnífica i tindràs l'oportunitat de fer un tomb per la casa i veure quines coses tan maques que fa el teu pare. A més, la Rosa i alguns altres nens del jardí segur que també hi aniran. T'ho passaràs d'allò més bé!

La Violeta estava sorpresa perquè era estrany que la Norma parlés tant i amb tanta insistència.

—Bé, potser sí —va balbucejar la Violeta.

«Potser és una oportunitat», va pensar. Potser la comtessa es posaria el fermall i ella l'hi podria arrabassar. Malgrat tot, sabia perfectament que allò no era gaire probable que passés.

Més tard la Rosa es va presentar a casa de la Violeta per dir-li que també havien convidat la seva família. L'Esteve anava a una altra festa, però als seus pares els venia de gust anar-hi. Així doncs, les dues noietes van decidir que, encara que s'estimessin més anar a qualsevol altre lloc que no fos la festa de la família Argúcia, traurien el màxim profit de l'ocasió per trobar alguna pista del fermall.

La Didí també va rebre una invitació, però la va rebutjar educadament perquè, segons va dir, no es veia amb cor d'anar a cap festa.

—Feliç Halloween! Soc el comte Dràcula. —El comte els va rebre a la porta, amb aquells ulls taronja espurnejants. Duia una camisa blanca i un vestit negre antiquats, i els cabells pèl-rojos enfarinats i pentinats amb brillantina cap enrere.

S'havia pintat la cara d'un blanc sepulcral i unes grans bosses negres sota els ulls; de la boca carmí li sobresortien uns ullals immensos dels quals queien unes gotes de sang de mentida.

—Bona nit —va fer la Camila, incòmoda per l'aspecte del comte—. Quin maquillatge tan ben fet. Realment sembla un vampir de debò!

La mare de la Violeta havia fet tot el que havia pogut. S'havia posat un vestit negre, una perruca negra elegant i una mica més d'ombra d'ulls negra del que era habitual, però el cert és que tenia l'aspecte distingit i poc terrorífic de sempre.

No es podia dir el mateix de la comtessa i de la Isabel, que cridaven l'atenció dels convidats i interpretaven un ball una mica estrany i terrorífic al vestíbul, en què esgarrapaven l'aire i saltaven com si fossin unes gates embogides. Portaven unes disfresses de gat sintètiques negres amb algunes parts de teixit calat de color vermell, unes perruques d'un vermell viu i un bon gruix de maquillatge.

La Violeta i els seus pares van quedar muts per un moment, contemplant l'escena, fins que en Bonaventura va aconseguir articular amb educació:

—Oh, esteu fantàstiques... totes dues!

Ell anava vestit de mag, però tenia un aspecte més aviat afable que terrorífic.

La Norma havia complert la seva paraula i havia confeccionat a la Violeta una disfressa d'esquelet platejat i daurat d'allò més lluent. La Isabel li va fer una repassada de dalt a baix amb una expressió d'enveja a la cara.

—Si que fa esgarrifar, la casa! —va exclamar la Camila.

Era ben veritat. L'única llum era la de les espelmes dels canelobres, i cada racó fosc estava infestat de teranyines d'aranya i xarxes negres, de muntanyes de carbasses, calaveres i altres objectes esborronadors.

No obstant això, el comte i la comtessa no van escoltar el compliment de la Camila. Una limusina immensa amb xofer acabava d'aparcar davant de la casa.

—Els Escalopen von Kartoffel acaben d'arribar! —va cridar la comtessa, i van sortir corrents a

rebre aquells amics, molt més importants.

La Violeta va veure que la Rosa i els seus pares eren al vestíbul, drets a la vora d'una persona que anava disfressada de carabassa i duia una safata amb begudes. S'havien disfressat de zombis i van saludar cordialment els Mora Cler. La Camila i en Bonaventura van agafar una copa de la safata i, quan es van girar per parlar amb els pares de la Rosa, la carabassa va donar a la Violeta un barret de bruixa fet amb paper, amb la paraula «OBRE'M» escrita a la part de davant amb unes lletres resplendents.

Intrigada, la Violeta el va obrir i, amb la Rosa mirant per damunt de la seva espatlla, va començar a llegir el que hi havia escrit:

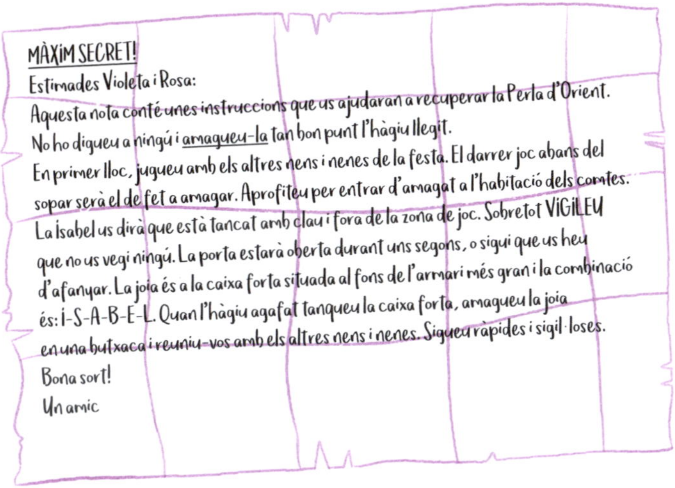

MÀXIM SECRET!

Estimades Violeta i Rosa:

Aquesta nota conté unes instruccions que us ajudaran a recuperar la Perla d'Orient.
No ho digueu a ningú i amagueu-la tan bon punt l'hàgiu llegit.
En primer lloc, jugueu amb els altres nens i nenes de la festa. El darrer joc abans del
sopar serà el de fet a amagar. Aprofiteu per entrar d'amagat a l'habitació dels comtes.
La Isabel us dirà que està tancat amb clau i fora de la zona de joc. Sobretot VIGILEU
que no us vegi ningú. La porta estarà oberta durant uns segons, o sigui que us heu
d'afanyar. La joia és a la caixa forta situada al fons de l'armari més gran i la combinació
és: I-S-A-B-E-L. Quan l'hàgiu agafat tanqueu la caixa forta, amagueu la joia
en una butxaca i reuniu-vos amb els altres nens i nenes. Sigueu ràpides i sigil·loses.

Bona sort!

Un amic

—Què és això, noies? —Les va sorprendre la cara del comte, més amunt d'elles. La Rosa es va arronsar darrere de la Violeta.

—Res. Una nota d'un amic —va respondre la Violeta, i es va ficar el barret de paper en una butxaca.

—Au, aneu amb els altres, que la Isabel ha preparat uns jocs fantàstics —va dir, seguint-les amb la mirada mentre engegaven a córrer.

A la Violeta i la Rosa les va sorprendre que s'ho passessin tan bé. Molts amics de la Isabel eren tan desagradables com ella, però hi havia un parell de nenes molt simpàtiques que tenien la desgràcia de compartir habitació amb ella a l'internat. De fet, la Violeta es va divertir tant jugant a mossegar la poma i a posar la cua al diable que fins que la Isabel no va anunciar que havia arribat el moment de jugar a fet a amagar i la Rosa li va donar un bon cop de colze no es va recordar de la missió secreta.

—Ara jo m'amagaré —va explicar la Isabel en un to autoritari—. Em puc amagar en qualsevol racó de la casa, excepte a l'habitació dels meus pares, que és al primer pis. Està tancada amb clau perquè som tan rics i tenim tantes coses de valor que no ens podem arriscar a deixar-la oberta —va fanfarronejar—. I ara, tanqueu els ulls i comenceu a comptar!

La Rosa i la Violeta van esperar una mica i, en ple joc, es van esmunyir fins al primer pis i van intentar obrir la porta del dormitori. No estava tancada amb clau! La van obrir sense fer soroll, van entrar sigil·losament a l'habitació il·luminada

per la claror de la lluna i van anar cap a l'armari gegant.

—Tu vigila —va ordenar en veu baixa la Violeta a la Rosa, que va assentir amb el cap. Després, amb la sensació que era la Lucy a punt de descobrir Narnia, la Violeta va obrir l'armari i es va ficar entre els abrics de pell de la comtessa. La caixa forta era al fons, tal com indicava la carta. Tenia forma de cor, cosa que va agafar la Violeta de sorpresa. «Puah, quin mal gust!», va pensar mentre en pitjava les lletres I-S-A-B-E-L del teclat.

Però en lloc d'obrir-se, la caixa forta va començar a xiular amb intensitat i va aparèixer un missatge a la pantalla.

La Violeta estava perplexa.

CONTRASENYA ERRÒNIA.
QUEDEN DOS INTENTS ABANS
NO SONI L'ALARMA.

—Rosa —va xiuxiuejar—. Com s'escriu Isabel?

—I-S-A-B-E-L —va lletrejar la Rosa—. Afanya't, sisplau! —Estava tan nerviosa que pensava que explotaria d'un moment a l'altre.

La Violeta va tornar a teclejar les lletres. La caixa forta va emetre un xiulet desagradable.

CONTRASENYA ERRÒNIA.
QUEDA UN INTENT ABANS
NO SONI L'ALARMA.

La Violeta va dubtar, indecisa. La contrasenya que figurava a la nota per força havia d'estar equivocada. Però quina altra podia ser?

La Rosa va interrompre els seus pensaments quan li va xiuxiuejar amb veu tremolosa:

—Crec que ve algú.

La Violeta es va quedar immòbil a dins de l'armari perquè ella també havia sentit unes passes.

—Què significa això? —va bramar una veu d'home que els resultava familiar.

—Em... em sap molt, molt de... de greu, s... senyor... comte —va quequejar la Rosa, morta de por.

A la Violeta se li va accelerar el cor.

—Es pot saber què hi fas, aquí? —li va preguntar furiós.

—Jo... bé... —va començar la Rosa—. Veurà... És que estava... d'això... buscava... buscava una amiga.

—Quina amiga? No deu ser la Violeta, per casualitat?

La Violeta es va encongir al fons de l'armari.

—No, la Violeta no —va cridar la Rosa amb veu d'espinguet—. I ara, què diu. No, jo no busco la Violeta. És una amiga que acabo de fer, que es diu... d'això... Maragda.

Tot i així, el comte ja no l'escoltava. Caminava a poc a poc per l'habitació, i la Violeta va sentir que s'aturava davant de l'armari.

—Com és que està obert, l'armari?

—Ah... doncs... doncs... —va tartamudejar la Rosa.

Però aleshores es va sentir una altra veu.

—Renard! Què hi fas aquí? —va esgaripar la comtessa—. Has de baixar immediatament! Estan a punt de servir el sopar. —I li va dir entre dents a la Rosa—: Fuig d'aquí, criatura!

La Violeta es va adonar que la Rosa dubtava i, tot seguit, va sentir un soroll de corredissa.

El comte també va dubtar.

—Vinga, Renard! Què esperes?

Va continuar callat durant un moment i llavors va dir:

—Ja baixo, amor.

La Violeta va sentir que sortia de l'habitació i tancava la porta amb clau.

13

LA FESTA: SEGONA PART. MALA SORT PER A ALGUNS

La Violeta va deixar escapar lentament un sospir llarg i dolç d'alleujament, abans d'adonar-se que s'havia quedat tancada al dormitori dels comtes. Va sortir de l'armari i va intentar obrir-ne la porta per assegurar-se'n. No n'hi havia cap dubte: estava tancada amb clau.

A baix es va sentir el gong que anunciava el sopar. A la Violeta li va agafar un atac de pànic en pensar que es podien adonar que no hi era i que el comte la vindria a buscar, i que llavors s'hauria ficat en un embolic dels grossos i tothom l'escridassaria...

«Tranquil·litza't», es va dir amb fermesa. L'únic que havia de fer era pensar, això i prou; segur que hi havia una altra manera de sortir d'allà. I no s'equivocava gens.

La finestra de guillotina va lliscar suaument cap amunt. La Violeta va sortir a l'exterior i es va agafar a la canonada tan vella i desmanegada que l'agent Puig havia sacsejat. Es va dir a si mateixa, tota convençuda, que si havia aguantat el pes de la Isabel el dia que hi va pujar per robar la Perla d'Orient, també aguantaria el seu mentre baixava fins a terra. Era a molt poca alçada.

La Violeta va lliscar lentament per la canonada inestable, va saltar des de l'últim tram i va aterrar

a la gespa. Va intentar arribar fins a la casa com si res no hagués passat, però es va trobar de cara amb el comte. Els ullals li resplendien.

—Violeta! Quina casualitat! Ara parlava de tu amb la teva amigueta Rosa. On has anat? No devies estar buscant la Isabel per aquí fora?

—Ah... sí! Això és just el que feia —va confirmar la Violeta amb cara d'innocent—. Em creia que estava amagada al cobert del jardí.

—Quin cobert del jardí? —va preguntar el comte escèptic.

—Bé, ja sap, el cobert que hi ha allà. —La Violeta va fer un gest imprecís amb la mà—. Me'n vaig a buscar la Rosa... —Va intentar fugir, però el comte va ser més ràpid que ella. Li va subjectar el braç amb força, va abaixar el cap i li va escopir a l'orella:

—Et vigilo. Et vigilo de molt a prop.

—Passa res, comte?

La Violeta es va girar i va veure el seu pare, que venia cap a ells amb cara d'amoïnat.

El comte va dibuixar un somriure fals i va començar a tocar els cabells de la Violeta, que es va estremir.

—No, només volia comprovar si la meva nena predilecta gaudia de la festa. I ara anem a sopar.

La Rosa li havia reservat un lloc al seu costat.

—T'ha enxampat, el comte? —li va preguntar nerviosa.

—No, però he sortit per la finestra i m'ha trobat al jardí. És evident que el comte sospita alguna cosa —va explicar la Violeta—. No puc creure que la contrasenya estigui equivocada. Segur que l'han canviat.

Va mirar al seu voltant, buscant la persona que anava disfressada de carabassa, però havia desaparegut.

El comte es va posar dret i va començar a pronunciar un llarg discurs sobre les virtuts meravelloses de la Isabel, elogiant un darrere l'altre els seus resultats acadèmics i els seus èxits en els esports. Els convidats van aplaudir educadament i a continuació el comte es va posar a parlar de la comtessa, de la seva bellesa, del seu gust tan exquisit i dels dots de què havia fet gala per renovar la casa (en cap moment no va esmentar el pare de la Violeta, que somreia gentilment mentre escoltava), del seu enginy i intel·ligència. «Bla, bla, bla», va pensar la Violeta. Va finalitzar el discurs amb aquestes paraules:

—I ara, senyores i senyors, brindem per la Coralina, la meva comtessa, el meu únic i autèntic amor. Tu tens la clau del meu cor. —I va picar l'ullet a la seva dona, que no cabia a la pell de satisfacció.

—Per la Coralina! —va corejar tothom educadament, aixecant les copes sense gaire entusiasme.

—Ja ho tinc! —va xiuxiuejar la Violeta a la Rosa, que la va mirar amb cara de no entendre res—. «La clau del meu cor!» La caixa forta té forma de cor...

la qual cosa significa que la contrasenya ha de ser Coralina. Ho hem de tornar a provar, per la Didí.

La Rosa va fer cara d'horroritzada, pensant que havia de tornar a pujar al dormitori.

—Està bé, ja m'espavilaré jo soleta —va puntualitzar la Violeta comprensivament.

La Rosa anava a dir-li que podia comptar amb ella, com sempre, quan el comte les va interrompre fent aquest anunci:

—I ara m'heu d'acompanyar al jardí per contemplar el castell de focs extraordinari que la Coralina ha preparat amb tant d'enginy.

«Perfecte», va pensar la Violeta. L'únic que havia de fer era quedar-se enrere i pujar de pressa per la canonada. Però el comte d'Argúcia, naturalment, havia parlat amb la Isabel, que es va acostar decidida cap a la Violeta.

—Violeta, maca, vine a veure el castell de focs amb mi —li va suggerir amb un to de veu fals, i li va agafar la mà ben fort. A la Violeta no li va quedar altre remei que seguir la Isabel.

Estaven dretes al davant de tot. Havien instal·lat uns altaveus i de sobte en va començar a sonar música a tot volum, mentre el cel s'il·luminava amb columnes centellejants de tots colors. La Rosa es va posar a l'altre costat de la Violeta, que aleshores va tenir la idea de com podia desempallegar-se de la Isabel i de la seva mà...

—Atxim! —va fer la Violeta, fingint un esternut—. Atxim! —La Isabel la va mirar amb cara de fàstic i li va deixar anar la mà perquè es pogués mocar. Just en aquell moment va esclatar una multitud de focs artificials que va il·luminar el cel.

Mentre la Isabel estava distreta, la Violeta es va inclinar cap a la Rosa:

—Sisplau, agafa-li la mà perquè es pensi que soc jo.

La Rosa va assentir amb el cap i va fer el que li havia dit. La Isabel estava tan fascinada amb el castell de focs que no es va adonar que la Violeta se n'anava de puntetes.

La Violeta va córrer fins al costat de la casa i va grimpar per aquella canonada tan perillosa. Gairebé ja havia arribat al capdamunt quan de sobte va notar una sacsejada molt forta. En mirar cap avall, va veure el comte al peu de la canonada, vermell d'ira. Quan la següent sèrie de focs artificials li va il·luminar aquella cara d'un blanc sepulcral, va engrapar la canonada amb totes dues mans i va provar d'arrencar-la. La canonada va brandar violentament abans de separar-se del tot de la paret. La Violeta va fer un crit ofegat, preparant-se per entomar una caiguda terrible, però llavors va passar una cosa inesperada...

Tot d'una, una mà va sortir per la finestra oberta de l'habitació, la va agafar ben fort i la va estirar cap a l'interior.

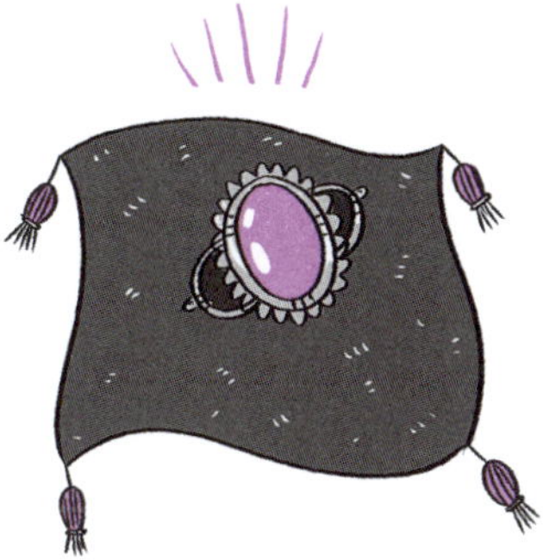

14 LA FESTA: TERCERA PART. TRUC O TRACTE?

L'únic que va veure la Violeta va ser una disfressa lluent de carabassa que sortia com un llamp per la porta del dormitori.

—Afanya't! —li va xiuxiuejar la persona que l'havia ajudat—. De pressa, va!

La Violeta es va capbussar al fons de l'armari. Va escriure C-O-R-A-L-I-N-A al teclat. La porteta de la caixa forta es va obrir i va deixar al descobert el fermall de la Didí, col·locat al mig de la capsa, sobre un petit coixí de vellut morat. Amb les mans tremoloses, la Violeta es va ficar el fermall a la butxaca i va sortir de l'armari tan ràpid com va poder. Malgrat tot, ja era massa tard.

—Però què et penses que fas? —El comte estava dret davant seu. Es va inclinar cap endavant i va plantar la cara al costat de la de la Violeta.

—Ehem... —La Violeta va vacil·lar un moment; s'havia quedat estupefacta en veure la cara del comte tan a la vora.

—Em sembla que val més que em tornis el fermall, no creus? —li va engegar amb veu amenaçadora.

Pel cap de la Violeta es van succeir tot d'imatges com si fos una pel·lícula: la Didí plorant, envoltada de caixes per al trasllat, el comte i la comtessa brindant abans de capbussar-se junts en una piscina enorme. I, de cop i volta, la Violeta ja no

va tenir por d'aquell home de mitjana edat, amb la cara coberta de maquillatge corregut, que estava palplantat davant seu.

—No és seu, és de la Didí, i l'hi penso tornar. Sé perfectament el que ha fet. Va regalar a la Didí una entrada de teatre perquè sortís de casa i després va demanar a la Isabel que robés la Perla. Llavors el senyor Argenter en va fer una còpia, que vostè va lliurar a la Didí en lloc de la joia autèntica.

El comte va semblar esgarrifat durant uns segons, però de seguida va recuperar la serenor.

—Això és una acusació molt greu, Violeta. No ho pots demostrar —li va dir amb menyspreu.

—Què hi feia, si no, parlant amb el senyor Argent l'endemà del robatori de la Perla d'Orient?

I com és que vostè i la seva dona menyspreable van brindar per ell l'altra nit? I el que és més important: com justifica que tingui el fermall de la Didí a la caixa forta?

—Com saps que aquest fermall no és meu? —va inquirir el comte—. I si vaig veure la joia de la Didí i em va agradar tant que en vaig encarregar una còpia, de memòria, al meu amic, el senyor Argenter, per regalar-la a la meva esposa? Perquè aquesta és la meva història i no la penso canviar! Així doncs, sigues bona minyona i torna'm el fermall. No se'n parli més.

La Violeta no en tenia la més petita intenció, però ja s'havien dit tot el que s'havien de dir. I va arrencar a córrer.

—Ei, on vas! —va exclamar el comte, abalançant-se cap a ella i engrapant-la per l'orella.

—Aiiii! —va xisclar la Violeta, que li va etzibar un bon cop de peu a l'os de la cama.

—Bestiola pudenta! —va bramar—. Torna-me'l o et faré mal de debò! —Li va retorçar l'orella i la Violeta va sentir una fiblada de dolor insuportable.

Just en aquell moment es va obrir la porta del dormitori i va entrar precipitadament la Rosa, acompanyada per l'agent Puig i un parell d'homes més. Tots tenien un aspecte d'allò més seriós.

El comte va deixar anar la Violeta de seguida, però no va ser prou ràpid.

—Senyor comte, es pot saber què diantre li feia a la Violeta? —li va preguntar l'agent Puig, alarmat.

—Jo... bé —va balbucejar el comte—. Estàvem... d'això... jugant a un joc, oi, Violeta?

—Doncs no, la veritat és que no —va replicar la Violeta.

El comte va empassar saliva.

—Rosa, preciosa, no em puc creure que hagis intentat involucrar la policia en aquest assumpte. Inspector Puig, l'hi puc explicar tot...

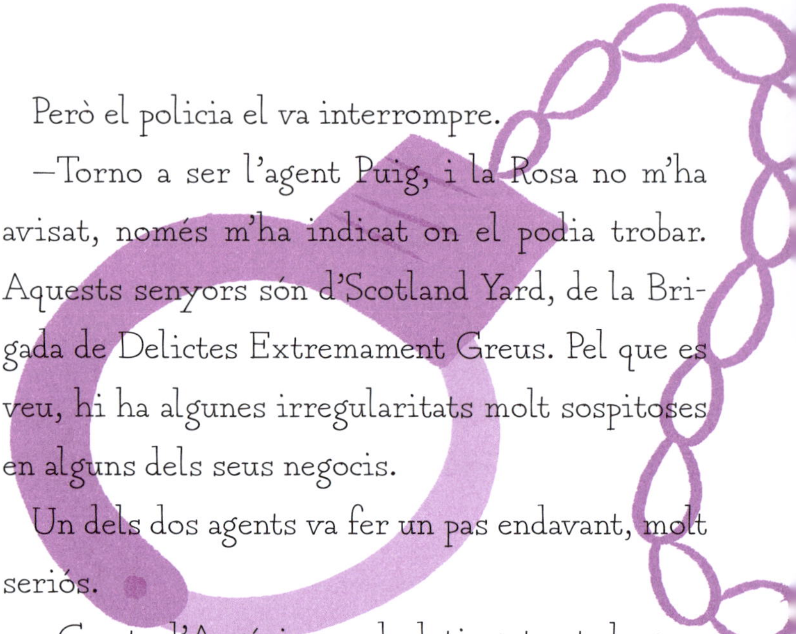

Però el policia el va interrompre.

—Torno a ser l'agent Puig, i la Rosa no m'ha avisat, només m'ha indicat on el podia trobar. Aquests senyors són d'Scotland Yard, de la Brigada de Delictes Extremament Greus. Pel que es veu, hi ha algunes irregularitats molt sospitoses en alguns dels seus negocis.

Un dels dos agents va fer un pas endavant, molt seriós.

—Comte d'Argúcia, queda detingut sota la greu sospita d'haver estafat i blanquejat diners. Té dret a guardar silenci i, de fet, li aconsello que així ho faci. De tota manera, truqui immediatament al seu advocat i digui-li que s'ha de reunir amb nosaltres a comissaria. Posi-li les manilles, agent.

El comte es va tornar encara més pàl·lid i unes gotes de suor i de maquillatge li van començar a regalimar per la cara.

La Violeta va aprofitar l'oportunitat:

—Agent Puig, crec que també li voldrà preguntar al comte per què la Perla d'Orient és a la seva caixa forta.

El policia va aixecar les celles de manera inquisidora mirant el comte. Aquest li va somriure per congraciar-se'l.

—Com t'explicava, benvolguda Violeta, no és la Perla d'Orient autèntica, sinó una còpia que n'he encarregat fer per a la meva estimada esposa.

—Crec que tots dos sabem que això és mentida —va apuntar la Violeta.

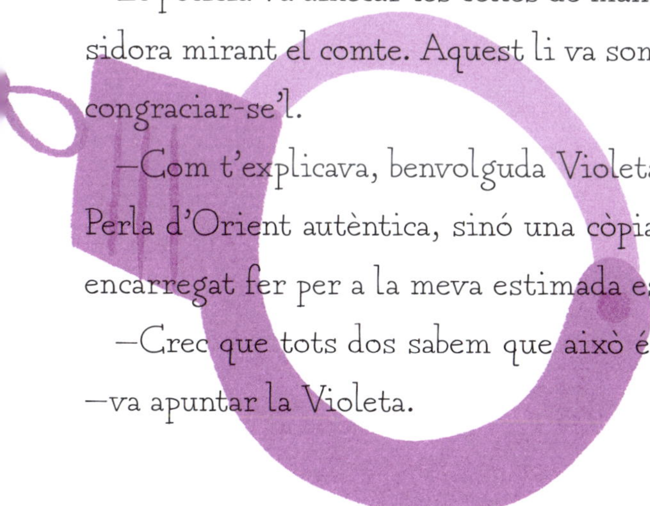

—Doncs aleshores demostra-ho! —va rugir el comte.

—Senyor comte, faci el favor! —el va renyar l'agent Puig—. On s'és vist, cridar així a una nena... I bé, Violeta, ja hem sentit aquestes acusacions abans. En tens cap prova, en aquesta ocasió?

La Violeta va reflexionar durant uns instants. El cert és que no en tenia cap ni una, de prova...

—Si va a buscar la mare de la Violeta, ella li podrà dir si el fermall que era a la caixa forta del comte és l'autèntic o no —va suggerir la Rosa—, i si és l'autèntic, tots sabrem que menteix.

La Violeta va somriure a la seva amiga.

L'agent Puig va enviar la Rosa a buscar la Camila i en Bonaventura. Van arribar de seguida.

—Violeta! —van exclamar a l'uníson—. T'hem buscat pertot arreu. Què passa?

—Després ja tindran temps de parlar —va dir l'agent Puig amb severitat—. I ara, senyora, sisplau, ens podria dir si aquesta és la Perla d'Orient autèntica o si n'és una falsificació?

La Camila va agafar el fermall i el va observar a contrallum, mentre el feia girar cap a un costat i cap a l'altre. Passats un parell de minuts, va respirar fondo.

—És l'autèntica —va sentenciar—. És la Perla d'Orient. Una de les joies més valuoses del món.

El comte va començar a balbucejar:

—Senyors, ho puc explicar tot. Sisplau, acompanyin-me i prenem una copa. Tinc un whisky de triple malta excel·lent, o tal vegada els ve més de gust un aiguardent d'albercoc? O un licor de préssec? Segur que podem solucionar aquest malentès.

Els agents no es van deixar entabanar.

—Emmanilli'l, Puig! Ara mateix!

La comtessa i la Isabel van aparèixer just en aquell moment. Es van posar a cridar histèriques en veure que el comte era conduït fins al cotxe patrulla. L'agent Puig es va girar cap a la Violeta.

—Tenies raó des del principi, Violeta, em sap greu no haver confiat en tu. Has estat impressionant.

—No ho hauria aconseguit sense l'ajuda de la Rosa. Ha estat molt valenta —va admetre la Violeta.

—Un bon treball en equip, noies. —El policia va assentir amb el cap en senyal d'aprovació—. Ara haig d'anar a tornar el fermall a la senyora Derota.

—Oh, sisplau, l'hi podem donar nosaltres? —va preguntar la Rosa.

—Crec que no hi haurà cap problema, aquesta vegada només —va respondre amb un somriure i a continuació va dir bona nit a tothom.

La Violeta i la Rosa van buscar la persona disfressada de carabassa per agrair-li que les hagués ajudat, però havia desaparegut.

La comtessa no parava de plorar, arraulida en un racó amb la Isabel; no semblava pas el moment adequat per donar-li les gràcies per aquella festa magnífica, i la Violeta i la Rosa van sortir de la casa i van trucar a la porta de la Didí.

—Feliç Halloween! —van exclamar totes dues quan va obrir la porta.

—No se suposa que heu de dir «truc o tracte»? —va preguntar la Didí—. Tot i que no em queden caramels, el timbre no ha deixat de sonar tota la nit. M'hauré d'inclinar pel truc.

—Entesos —va dir la Violeta—. Tanca els ulls i para la mà.

La Violeta li va posar la Perla d'Orient al palmell obert de la mà.

Al cap de molta estona, ben entrada la nit, quan la lluna ja s'havia obert camí al cel clar de tardor, dues parelles es van trobar al jardí.

La primera estava formada pel Púding i la Lulabel, que estaven asseguts feliçment a la gespa.

I la segona eren la Norma i l'Ernest, que conversaven pausadament en veu baixa. L'Ernest anava vestit amb la roba normal i gairebé havia aconseguit treure's tot el maquillatge de la cara i les mans. Quedaven camuflats entre les ombres i es felicitaven perquè tot havia sortit molt bé. Perquè la Didí Derota era una senyora encantadora, en això estaven tots dos d'acord.

Després

Una setmana més tard, aproximadament, si per casualitat haguéssiu passat per davant d'una de les joieries més distingides de Bond Street, hauríeu vist sortir d'un taxi dues senyores a les quals van fer passar a l'establiment i, un cop dins, a una petita sala del pis de dalt.

La Didí i la Camila tenien una cita amb un dels experts en joies més famosos del món, el senyor Lluís Diderón.

Es va fer un silenci molt llarg mentre el senyor Diderón inspeccionava la joia a consciència. I aleshores, quan va acabar, es va agenollar davant de la Didí.

—Gràcies, senyora, per haver-me mostrat la joia més meravellosa que mai he tingut el plaer de contemplar —va manifestar amb aquell accent espanyol tan marcat—. Si em moro aquesta nit, moriré feliç.

La Didí va cridar ben fort d'alegria.

Quan el fermall va ser subhastat al cap d'uns mesos, un postor secret en va pagar una quantitat de diners tan generosa que l'operació va ser notícia de primera plana als diaris d'arreu del món. La Didí ja no s'hauria d'amoïnar pels diners mai més.

I el comte? Doncs corre el rumor que es va escapar de la comissaria de policia per la finestra del lavabo i que va ser vist per darrera vegada corrent cap a l'avió privat, seguit de la Coralina i la Isabel. Sense comentaris.

La casa dels comtes d'Argúcia continua buida. Només hi viu l'Ernest, que s'ocupa del Chiang Mai. També dedica molta estona a ajudar la seva amiga i veïna Didí Derota i a prendre el te amb l'altra bona amiga seva i veïna, la Norma.

I la Violeta? Tant a ella com a la Rosa l'inspector en cap més important de tota la policia les va condecorar amb unes medalles d'allò més vistoses i la senyora Fondalada va organitzar un acte a l'escola especialment dedicat a elogiar l'enginy i

la valentia que havien demostrat totes dues. Malgrat tot, la millor recompensa que la Violeta i la Rosa van tenir va ser que la Didí s'havia pogut quedar al seu piset.

I bé, ara que ha passat tota l'emoció, crec que la Violeta ja està a punt per a una nova aventura...

Glossari superútil de la Violeta

A la Violeta li encanten les paraules, sobretot les que sonen estranyes, o sigui que potser algunes de les que s'han fet servir en aquesta història han estat un xic difícils d'entendre. És probable que la majoria ja les conegueu, però la Violeta n'ha triat unes quantes per explicar-vos-les...

Argúcia: Després que haguessin detingut el comte, el meu pare em va explicar que argúcia és un argument fals que es diu amb habilitat i astúcia... Així doncs, pel cognom ja hauríem d'haver deduït que era una família de pocavergonyes.

Arquitecte: El meu pare és arquitecte i sempre està enfeinat. Dissenya cases i edificis per a altres persones.

Bijuteria: Els comtes d'Argúcia van canviar la Perla d'Orient per una joia falsa. Aquestes joies s'anomenen bijuteria i poden semblar autèntiques i ser també molt boniques. A vegades només un expert és capaç de distingir una joia autèntica d'una de falsa.

Chérie: La meva mare és francesa i m'encanta quan em parla en francès. *Chérie* vol dir «estimada», «àngel», «tresor», «amor», «preciosa», «bonica» o qualsevol altra paraula d'aquest tipus.

Coartada: La Isabel en tenia una, però era falsa... És l'explicació d'on és algú quan té lloc un delicte.

Enchanté: És una manera molt elegant (i francesa) de dir «encantada de conèixer-te».

Excèntric: És tal com veig la Didí, més que no pas «rara» o «estranya». S'utilitza per referir-se a algú que és diferent dels altres, però d'una manera afectuosa.

Fiord: La Celeste va visitar els fiords a Noruega i va dir que eren molt bonics. Són braços de mar estrets que estan enclavats entre penya-segats. Espero que la propera vegada que hi vagi se m'hi endugui!

Frank Sinatra: Si l'hi pregunteu a qualsevol adult, segur que ha sentit a parlar d'aquest cantant i actor. La Didí diu que es volia casar amb ella, però que ella es va enamorar d'en David Derota.

Góndola: Un tipus especial d'embarcació típica de Venècia, que fa servir la gent per navegar pels canals de la ciutat.

Marilyn Monroe: La Marilyn era una actriu molt famosa. La Didí em va explicar que en una ocasió fins i tot va cantar el «Moltes felicitats» al president del seu país!

Merci: Segur que coneixeu aquesta paraula. Significa «gràcies» en francès, o sigui que és una paraula important per recordar.

N'est-ce pas: La meva padrina, la Celest, li va dir això a la meva mare quan va bromejar sobre les entremaliadures que havia fet de petita. Vol dir «no és així?», en francès.

Pedigrí: El Chiang Mai és un gat siamès amb pedigrí, tal com va assegurar la família Argúcia. Significa que un animal té un arbre genealògic amb uns familiars molt importants.

Perla d'Orient: Aquesta joia ha tingut un passat molt turbulent! La meva mare em va explicar que fa un bon grapat d'anys la van trobar uns cercadors de perles al sud de la Xina i que l'emperador persa la va comprar per molts diners. El nét del seu rebesnét la va regalar a la seva xicota preferida, que se la va endur quan va fugir amb uns dels seus criats. Ella la va vendre a una senyora molt americana que només la va lluir un cop abans que l'hi robés en Lleopard, el famós lladre de joies. Tothom pensava que havia desaparegut per sempre, fins que la Didí va ensenyar que la tenia a dins de la llauna de galetes!

NO ET PERDIS
LA PRÒXIMA AVENTURA
DE LA VIOLETA!